Ruth Siegenthaler

Vor dem Tunnel

Geschichten

Ruth Siegenthaler liest und schreibt seit früher Jugend leidenschaftlich. Nach der Ausbildung zur Sekundarlehrerin phil. I studierte sie englische Soziolinguistik und Philosophie. Daneben reiste sie als freiberufliche Musikjournalistin durch die Welt und unterrichtete Französisch, Englisch und Deutsch. Sie lebt und schreibt in Luzern und unterwegs.

Bibliografische Information der Deutschen Nationalbibliothek:
Die Deutsche Nationalbibliothek verzeichnet diese Publikation in der Deutschen Nationalbibliografie; detaillierte bibliografische Daten sind im Internet über http://dnb.dnb.de abrufbar.

© 2023 Ruth Siegenthaler

Korrektorat: Birgitta Michels, Rolf Oberhänsli
Layout: Jasmin Jeltsch

Herstellung und Verlag: BoD – Books on Demand, Norderstedt

ISBN: 978-3-7347-3941-5

INHALT

Abschied von Lotti 7

Blodikold 34

Der Banknachbar 44

Die einspurige Strasse 52

Der Kastanienbaum 63

Am Kiosk 68

Konjunktiv II 74

Die Linde 78

Der Nussgipfel 82

Roland 87

Der Selfiemacher 98

Und die Schildkröten hocken träge 99

Vor dem Tunnel 113

Der Urschrei 123

Weihnachtsparabel 128

Wiedersehen 130

Zinkenkrieg 133

Der letzte Zug 139

ABSCHIED VON LOTTI

„Frau Sollberger?"
„Ja!"
Ich stand auf und legte die Illustrierte auf das Tischchen zwischen mir und einem Paar im fortgeschrittenen Alter.
„Fröhlicher, grüezi." Der schlanke, grauhaarige Mann im weissen Kittel, mit grauem Schnurrbart und Hornbrille, reichte mir seine rechte Hand zum Gruss. Mit der linken machte er eine einladende Bewegung, ihm zu folgen. Im Geiste registrierte ich seine schlanken, warmen Finger. Eine richtige Chirurgenhand, dachte ich, der ich Lotti wohl getrost anvertrauen konnte.
„Nun", sagte er, als wir einander im Sprechzimmer gegenübersassen. „Sie kommen aus S.? Sind Sie über den Brünig gereist?"
„Nein, durchs Emmental. Ich finde die Landschaft so beruhigend, wissen Sie."
„Das stimmt, das finde ich auch.", gab er mir recht.
„Und warum kommen Sie zu uns nach Thun?"
„Wegen des Stockhorns."
Dr. Fröhlichers Stirn legte sich in Falten, er zögerte, schien zu überlegen und wiederholte:
„Wegen des Stockhorns?"
„Ja, wissen Sie, das ist mein Lieblingsberg und ich bin sicher, dass es sich positiv auf meine Heilung auswirkt, wenn ich nach Thun komme. Hier hat es eine ganz besonders gute

Energie. Ich habe immer gesagt, wenn ich einmal ins Spital müsse, dann nur nach Thun oder überhaupt nicht."

„So, so."

Dr. Fröhlicher bewegte die Maus auf seinem Pult und suchte etwas auf seinem PC.

Im Geiste lüftete ich den Hut vor meiner Hausärztin, Frau. Dr. Märki. Hatte sie meine Daten so schnell schon nach Thun geschickt?

„Hier", sagte er in meine Gedanken hinein. „Ich schaue gerade, ob... - Wir haben hier in Thun im Moment eine Bilderausstellung zum Stockhorn ... - ‚Das Stockhorn, der andere Berg'. Wenn sie noch läuft, dann könnten Sie ja ... - oh, ich sehe gerade, sie ist am 24. Dezember, vor drei Tagen erst, zu Ende gegangen.

„Schade. Aber wissen Sie, ich mache jetzt einen Malkurs; dann kann ich es ja selber einmal malen."

„Und Sie kommen also wegen Ihrer Schilddrüse zu uns?"

„Ja. Ich habe hier diesen Kropf." Ich legte meinen Kopf in den Nacken.

„Der ist nicht zu übersehen."

Dr. Fröhlicher stand auf, trat hinter mich und umfasste meinen Hals mit beiden Händen, als wollte er mich würgen.

Er nickte bloss und setzte sich wieder.

„Und wann wollen Sie kommen?" Er nahm eine kleine Agenda aus der Brusttasche seines Arztkittels. Ein Arzt und eine so kleine Agenda, dachte ich.

„So Ende Februar."

„Erst?"

„Ja, wissen Sie, ich muss mich erst noch mental darauf vorbereiten."

„Also, dann schreiben wir Sie doch für den 1. März ein. Am 28. Februar müssten Sie dann im Verlaufe des Nachmittags hier sein."

Dann sprach er die magischen Worte, die ich selber nicht auszusprechen wagte und die mich im Eindruck bestärkten, dass ich mit meinem *Struma uninodosa partim cystica haemorrhagica, rechts,* hier am richtigen Ort war.

„Dann müsste man ja dann noch schauen, dass Sie in ein Zimmer mit Blick aufs Stockhorn kommen", sagte er, als er aufstand und hinter dem Pult hervortrat.

„Das wäre super."

„Also, dann sehen wir uns Ende Februar wieder."

„Untersuchen Sie mich nicht mehr?"

„Das ist nicht nötig, ich habe ja alle Untersuchungsergebnisse schon hier."

Und so stand ich also wieder draussen im Korridor, mit dem guten Gefühl einerseits, einen ruhigen, sympathischen Arzt gefunden zu haben, dazu noch in Eigeninitiative, andererseits etwas verwirrt, dass er meinen Hals nicht, wie erwartet, per Ultraschall, noch einmal angeschaut hatte.

In der Cafeteria kam ich mit der Frau an der Kasse ins Gespräch und bereitete sie darauf vor, dass ich in 10 Wochen wiederkäme. Danach hing ich bei einem Kaffee und einem Thoncanapé meinen Gedanken nach und beschloss endgültig, Dr. Fröhlicher zu vertrauen, schliesslich hatte ich ihn selber ausgesucht, und meine Hausärztin Frau Dr. Märki hatte mich darin unterstützt, nach Thun gehen zu können.

Mein Hals war im Kantonsspital S. untersucht worden. Frau Dr. Märki hatte mich hingeschickt, nachdem meine Blutwerte ihr nicht gefallen hatten. Mein Herz war für einen kurzen Moment stillgestanden. Mit einer solchen Nachricht hatte ich nicht gerechnet. Noch nie zuvor hatte irgendein Untersuch irgendetwas Bedenkliches ergeben. Ich war kerngesund. Sogar ein Schnupfen schaute bei mir höchstens für einen Tag vorbei und trat ob der Aussicht, mit einer Apfelessig Tinktur traktiert zu werden, wieder den Rückzug an.

Bisher war auch immer nur von einer Zyste die Rede gewesen. „Völlig ungefährlich, keine Gefahr im Verzug", hatte der Arzt in der Permanence mich beruhigt, zu dem ich rund drei Jahre zuvor, am 1. Januar, panisch gerannt war. „Einfach im Auge behalten." Als ob ich den Chnubel aus den Augen hätte verlieren können! Schliesslich hing er gross genug an meinem Hals. Wie aus dem Nichts erwachsen, war er urplötzlich da gewesen. Und jetzt waren die Blutwerte beunruhigend, könnten gar auf etwas Bösartiges hinweisen! Die Tyreoglobulinwerte seien um ein Mehrfaches über der Norm.

Es war, als zöge mir jemand einen Hammer über den Schädel.

Und so lag ich am 10. Oktober in einem kleinen, fensterlosen Räumchen im Kantonsspital auf einem Schragen. Ich fühlte mich unwohl; bereits beim Betreten des 16-stöckigen Gebäudes hatte mich ein Kribbeln befallen; ich spürte Kälte durch jede Pore in meinen Körper dringen und sich an jedem einzelnen Knochen festsetzen. Erst nach zwei Gaben Notfalltropfen löste sich meine Starre etwas und der Drang, auf- und davon zu rennen, ebbte ab. Um etwas zu haben, woran ich mich festhalten konnte, zerknüllte ich meinen Schal, während das Gel unter dem Ultraschallgerät kalt auf meinem Hals lag. Die junge Ärztin mit dem blonden Pferdeschwanz legte mir dar, was auf *jeden Fall* alles passieren *könnte,* was man unbedingt tun *müsse,* nicht *dürfe,* aber *sollte.* Nämlich das Struma herausschneiden. Als sie dann aber mit einer langen, dicken Nadel zum Punktieren meines Chnubels anhob und dabei konstatierte, sie komme kaum rein, da die Masse darin sich verdickt habe, ja, da hüpfte das Herz der Freizeitheilkräuterkundlerin für einen kurzen, erwartungsvollen Moment dann doch wieder.

„Wissen Sie, das ist Hildegard von Bingens Veilchencrème mit Ziegenfett.", stellte ich klar. „Die trocknet Zysten aus."

Die junge Ärztin schaute mich an, als sei ich von einem anderen Stern und erwiderte trocken, während sie die wenige extrahierte Masse in ein Fläschchen tropfen liess: „Wenn etwas, dann haben Sie davon höchstens eine zarte Haut bekommen." Das sass.

Wie sie später in ihrem Bericht festhielt, handelte es sich bei meinem Chnubel um ein *gut schluckverschiebliches Struma dritten Grades,* was eine *Hemithyreoidektomie rechts* indizie-re, eine *maligne Neoplasie* jedoch könne nur durch eine *Histologie* definitiv ausgeschlossen werden.

„Aber ich würde mich doch sicher nicht so fit fühlen, wenn es etwas Schlimmes wäre?", fragte ich hoffnungsvoll.

„Das kommt darauf an, ob und wohin es schon gestreut hat."

Schon! Es! Gestreut! Wäre ich nicht auf dem Schragen gelegen, die Beine wären unter mir weggesackt! Mein Denken kam schlagartig zum Stillstand. Lediglich einzelne Wörter wie ‚inaktiv', 'bösartig', 'Thyreoglobulin', 'Blutwerte' sprangen mich an wie die Fänge eines Meeresmonsters, das mich mit sich in die Tiefe reissen wollte.

Ich willigte in die Operation ein, möglichst bald.

„Wir sind auf die nächsten drei Monate ausgebucht, ich werde aber schauen, was sich machen lässt."

„Würden Sie denn operieren?"

„Ja, zusammen mit Dr. XY."

Ein neuer Lufthauch strich kalt über meine Haut.

Danach fuhr ich mit dem Velo in die Stadt hinunter, als wäre es das letzte Mal. Ich ging in mein Lieblingscafé am See, als wäre es zum letzten Mal, ich blickte über den See auf die Berge, als sähe ich diese zum letzten Mal.

Tiefe Trauer erfasste mich. War's das nun gewesen? Hatte die Stunde der Wahrheit geschlagen? Meine Gedanken rasten. Ich fühlte mich wie an der Generalprobe für meinen Auftritt vor dem jüngsten Gericht! Wie würde ich dort Rechenschaft ablegen? Hatte ich nicht stets Wert darauf gelegt zu betonen, ich sei ein Freigeist, ‚unabhängig und ledig jeder Pflicht, bereit für jede Gegenwart'? Und was hatte ich bisher getan? War ich nicht auch dem schnöden Mammon hinterhergerannt wie der gewöhnliche Plebs? Was sollte ich nun bloss anfangen mit all dem vielen Geld? Würde mir noch genug Zeit bleiben, es zu verbrauchen? Wenn ja, wofür? Was hatte ich gemacht aus meinem Leben? Warum war ich überhaupt hier? Wer war ich überhaupt? Ich hatte keine Ahnung, noch weniger eine Antwort.

Ich fühlte mich enttäuscht von meinem Körper. Von ihm im Stich gelassen. Besonders von der Schilddrüse, diesem wichtigen Koordinationsorgan in ihm. Ihr rechter Lappen sei inaktiv, hatte mich die Ärztin während des Blickes auf den Monitor informiert. Was wollte mein Körper mir damit sagen? Hatte ich zu viel geschluckt, sinnbildlich? Wieviel Wut und Trauer waren mir im Hals steckengeblieben? Was hatte mir einen dicken Hals beschert? Worüber war mir der Hals angeschwollen? Ein Kropf, das heisst eine vergrösserte Schilddrüse, stehe für Ohnmachtsgefühle, hatte ich einmal gelesen. Wenn ich diese Gedankenfäden weiterspann, fiel es mir wie Schuppen von den Augen. Ja, ich glaubte zu verstehen, was der Chnubel mir sagen wollte. Dann war es aber nicht mein Körper, der mich im Stich gelassen hatte, sondern ich selber. Das machte mich erst recht traurig.

Ich betrachtete die Menschen um mich herum. Wie würden diejenigen, die mir nahestanden, mich in Erinnerung behalten?

Während der Kaffee kalt wurde, rührte sich in mir wieder der Glaube daran, dass es nicht so schlecht um mich stehen konnte. Dafür fühlte ich mich einfach zu gut. Eigentlich.

Auf dem Heimweg kaufte ich mir in einer Drogerie ein feines Badesalz. Ich wollte die mir verbleibende Zeit doch noch so angenehm wie möglich verbringen. Selbstpflege ernannte ich zum wichtigsten Punkt meiner Agenda.

Abends, in einem Bad der Duftnote ‚Aura‘, taufte ich den Chnubel in meinem Hals auf den Namen Lotti. Ich beschloss, mich mit ihm anzufreunden und zu versöhnen. Im Bett wälzte ich die halbe Nacht schlaf- und ruhelos dicke Schmöker auf der Suche nach Symptomen, die ich – von der Verdickung abgesehen – hätte haben, Beschwerden, die ich hätte empfinden müssen. Ich fand keine davon in mir wieder. Ich schnappte fast über.

Fünf Tage später fand ich im Briefkasten ein dickes C-5 Couvert, Absender: Kantonsspital. Ich riss es an Ort und Stelle auf, und was mir in fettgedruckten Lettern, Schriftgrösse 14, entgegen starrte, liess mich nach Luft schnappen. Der Operationstermin sei am 22. Dezember, einzurücken hätte ich am 21. Dezember, um 9:00 Uhr, stand da in militärischem Ton. Ich brach in Tränen aus. „Das kann ich nicht! Es sträubt sich alles in mir!", schluchzte ich meiner Nachbarin Yvonne, die just dann um die Hausecke gebogen kam, ins Gilet. „Wenn ich schon freiwillig ins Spital gehe, dann sicher nicht über Weihnachten!" Sie würde das auch nicht tun, bestärkte sie mich, und in einem langen Gespräch im Treppenhaus beschlossen wir, dass ich noch am selben Tag das Ganze rückgängig machen und das Anmeldeformular zusammen mit ein paar Worten an die junge Ärztin zurückschicken würde. So eilig hätte ich es nun auch wieder nicht, schrieb ich, ich würde mich später wieder melden. Was ich natürlich nicht zu tun beabsichtigte. Stattdessen machte ich mich per Internet und Telefon auf die Suche nach einem Arzt in Thun. Die Idee war urplötzlich in mir aufgestiegen, und wenn eine Idee urplötzlich in mir aufsteigt, dann halte ich sie gewöhnlich für wichtig und richtig. Schon beim dritten Anruf war ich an der richtigen Adresse: Für Schilddrüsenfragen sei Prof. Dr. med. Fröhlicher am Spital Thun der beste Mann.

Da ich nicht wusste, ob ich eine Rückfahrt noch nötig haben würde, löste ich sicherheitshalber bloss eine Fahrkarte für den Hinweg und stand am 28. Februar um Viertel vor 12 auf dem Perron in Thun, mit Gepäck, mit dem ich ein dreiwöchiges Überlebenstraining auf dem Mond hätte absolvieren können. Im Zug hatten sich ein Mann und eine Frau im Ab-teil nebenan ausgiebig über die Oscar-Verleihung unterhalten – als wäre es nichts Besonderes, dass ich nach Thun ins Spital fuhr. Aber das Leben draussen ging offensichtlich trotzdem weiter und vorbei und würde auch künftig weiter- und vorbeigehen, egal, ob ich Teil davon war oder nicht.

Als ich die Berner Oberländer Luft einatmete und Thuner Boden unter den Füssen hatte, war mir, als streiche der Wind durch den leichten Nieselregen hindurch alles Schwere von mir, als lösten sich alle Sorgen in Minne auf.

Punkt 14:00 Uhr stand ich, nach einem feinen Salatteller und zwei Kaffees im Coop-Restaurant, im Spital vor der Türe, hinter der die Aufnahmeformalitäten erledigt werden würden. Ich stand, weil bereits fünf Personen auf den verfügbaren Stühlen sassen und ebenfalls warteten. Es war also noch genug Zeit für einen Kaffee in der Cafeteria. Die Frau an der Kasse erinnerte sich an mich, nachdem wir miteinander ins Gespräch gekommen waren und ich bemerkt hatte, es sei nun so weit.

„Ah ja, die Frau mit dem Hals!" Alles Gute wünsche sie mir, aber beim Dr. Fröhlicher sei ich in den besten Händen. Und nicht nur in seinen, wie ich alsbald merkte. Ich wurde allenthalben so freundlich empfangen und behandelt, als wäre ich die einzige und wichtigste Patientin. Nachdem mir eine Telefonkarte und ein Personalienblatt ausgehändigt worden waren, wurde ich weiter geschickt zur ersten Türe links im Korridor auf der gegenüberliegenden Seite. Hinter dieser ersten Türe links erwarteten mich Frau Scheidegger und Herr Zurbrügg; Letzterer entweder Supervisor oder Praktikant, auf jeden Fall observierte er das Gespräch zwischen Frau Scheidegger und mir.

Dass sie gerade jetzt meinen Puls und Blutdruck messen wolle, sei aber etwas ungünstig, warnte ich.

„Warum denn?"

„Wissen Sie, ich habe seit Mittag drei Kaffees getrunken."

Frau Scheidegger mass unbeeindruckt weiter und tat und fragte dann, was alle, die je meinen Puls und Blutdruck gemessen haben, taten oder fragten. Sie schüttelte erst ihren Kopf, dann das Messgerät, dann setzte sie noch einmal an.

„79 auf 59. Ist Ihnen nie schwindlig?"

„Nein, nur am Morgen habe ich jeweils etwas Mühe aus dem Bett zu kommen."

Das hätten auch Menschen ohne tiefen Blutdruck, beruhigte mich Herr Zurbrügg.

„Wissen Sie, ich gehe halt jede Woche in die Sauna."

„Aha, sehr gut."

Ich empfand einen gewissen Stolz darüber, dass mir nie schwindlig wurde, entgegen allen ärztlichen Meinungen.

Puls*: tief, aber im Rahmen*
Grösse: *1.72, Gewicht: 73 kg*

Frau Scheidegger begleitete mich in ein Kämmerlein, wo ich mich hinlegen und oben herum freimachen musste. Sie mache nun ein EKG.

Sie sei zwar keine Spezialistin, aber soweit sie es beurteilen könne, sei alles i.O., erklärte sie nach einem langen Blick auf die Zick-Zack-Linien, die aussahen wie eine Bergkette. Wie ich so da lag und meinen Blick ebenfalls über die Linien gleiten liess, fielen mir die Worte meines einstigen Hausarztes ein, der mir vor beinahe dreissig Jahren attestiert hatte, ich hätte ein Herz wie ein Pferd. Ich hatte also nichts zu befürchten, behielt dies aber für mich.

Der junge deutsche Arzt, der Anästhesist, wie sich herausstellte, zu dem ich als nächstem geführt wurde, war es offenbar gewohnt, Patienten zu beruhigen, die hysterisch die Flucht ergreifen wollten, sobald sie ihre Unterschrift unter die Patienten-Einverständniserklärung für die Anästhesie setzen sollten. Was da alles passieren konnte! Herzstillstand schien noch fast das kleinste Übel zu sein, mit welchem zu rechnen war. Das sei nur zu ihrer, der Ärzte, Absicherung, eine juristische Formalität, reagierte er auf mein Zögern.

Juristische Formalität! Und diese sollte ich unterschreiben?

Nachdem er mir erklärt hatte, dass *Übelkeit, Erbrechen, Atem- und Kreislaufstörungen bis zum Herzstillstand, Augenschäden bis zur Erblindung, allergische Reaktionen, Unterkühlung mit Kältezittern sowie Juckreiz, Rückenschmerzen, Nervenschäden, Hautschäden, Hals- und Schluckbeschwerden, Zahnschäden, Stimmbandverletzung, Aspiration von Mageninhalt in die Lunge sowie Wachheitszustand während der Narkose,* rein statistisch gesehen, relativ eher selten aufträten, unterschrieb ich.

Erstens, sagte ich mir, hatte ich mich zu diesem Schritt entschlossen, und dazu wollte ich nun ohne Wenn und Aber stehen, zweitens wollte ich niemandem auf die Nerven gehen, und drittens hatte ich mich doch selber davon überzeugt, dass mir in Thun nichts passieren konnte. Des Weiteren erklärte er mir das mich erwartende Prozedere: Um 6 Uhr 30 würde ich eine Tablette bekommen, und, einmal im Operationssaal, nichts mehr mitbekommen. Um ca. 10 Uhr werde dann alles vorüber sein.

Danach wurde ich gebeten, wieder im Vorraum Platz zu nehmen. Dort kam ich mit einem Mann ins Gespräch.

Ob er auch unters Messer müsse?

„Nein, ich begleite nur meine Frau." Diese setzte wohl gerade in einem der vielen Zimmer ihre Unterschrift unter die juristische Formalität. „Die Gallenblase, und dann wollen sie auch gleich noch einen Blick auf ihre Hüften werfen." Kurz darauf kam sie, eine korpulente Gestalt mit geröteten Wangen, keuchend angehinkt und warf sich mit einem schweren Seufzer auf den Stuhl mir gegenüber. Gleichzeitig wurde ich in meinen Beobachtungen abgelenkt von einem weiteren jungen Arzt, einem Bayer, der mich begrüsste und aufforderte, ihm zu folgen.

„Dr. Hübscher", stellte er sich vor; Assistenzarzt, wie ich weiter herausfand. Er hörte erst mit einem Stethoskop meine Lungenflügel ab, die zu meiner grossen Freude überhaupt nicht raspelten; dann kontrollierte er die Lage meiner Schilddrüse, indem er das dralle und runde Lotti kräftig drückte. Und dann wollte er Sachen wissen! Alle meine bisherigen Erkrankungen wollte er auf seinem Formular vermerken. Wie sich herausstellte, war ich bis anhin relativ selten, auf jeden Fall noch nie sehr, krank gewesen. Geimpft sei ich schon worden, wisse aber nicht mehr im Detail, wogegen und wann genau.

Ob ich in letzter Zeit Medikamente genommen hätte?

Ich dachte nach. „Ja, letzten Mittwoch - ein *Dolocyl forte*. Wegen Kopfweh."

„Oha, da haben wir eventuell ein Problem."

Jesses!

Dr. Hübscher wollte schnell nachschauen gehen, was es mit diesem *Dolocyl forte* auf sich hatte.

Nach einer Ewigkeit kam er zurück und gab Entwarnung.

„Da haben's aber Glück g'habt. Wenn Sie das Mittel nach dem letzten Mittwoch genommen hätten, könnten wir Sie womöglich gar nicht operieren und müssten Sie jetzt wieder nach Hause schicken."

„Warum denn das?"

Er erklärte mir, dass einige Schmerzmittel die Blutgerinnung behinderten, und *Dolocyl forte* gehöre in diese Gruppe. Mir fiel ein Riesenstein vom Herzen. Später, im Bett, fragte ich mich, ob ich ein zweites Mal den Mut hätte aufbringen können, nach Thun ins Spital zu fahren. Freiwillig? Die Antwort war ernüchternd: Wahrscheinlich nicht. Der jetzige Zeitpunkt war der einzig richtige.

„Dann kommen's dann also morgen früh als Erste dran. Um 7 Uhr 30."

Das ist nun nicht gerade meine Zeit und ich äusserte daher meine Hoffnung, die anderen Beteiligten seien im Gegensatz zu mir geübte Morgenmenschen und um diese Zeit schon fit.

„Da kann ich Sie beruhigen, die sind alle schon frühmorgens auf dem Posten."

„Gut."

„Untersucht Dr. Fröhlicher mich auch noch vorher?" Diese Frage hatte mich die vergangenen zehn Wochen über beschäftigt.

Er komme bestimmt noch vorbei, das tue er immer. Wenn nicht hier, dann besuche er mich sicher noch am Abend im Zimmer.

Und schon stand er da. Die Ruhe selbst, wie ich ihn in Erinnerung hatte.

„So, hat's geklappt mit dem Zimmer?"

„Ja, danke, Frau Scheidegger hat etwas erwähnt von Bergsicht und Blüemlisalp."

„Gut. Ich habe Sie schon im Zimmer gesucht. Wie geht's?"

„Sehr gut, danke."

„Dann operieren wir also morgen und behalten Sie dann bis Samstag hier?"

„Also, wissen Sie, eigentlich habe ich in Hünibach im Hotel ‚Chartreuse' ein Zimmer reserviert, zur Rehabilitation. Ab Donnerstag."

„Dann schauen wir, wie's bis dann aussieht. Haben Sie noch Fragen?"

„Nein, aber eine Bitte hätte ich. Nicht wahr, Herr Doktor, Sie schneiden nur das raus, was absolut nötig ist?"

„Und wenn sich während der Operation herausstellt, dass ich alles rausnehmen muss?"

„Das glaube ich nicht! Aber Sie wissen ja, dass ich mich nicht beim erstbesten Arzt unters Messer gelegt habe. Ich vertraue Ihnen."

Dr. Fröhlicher versprach, nur das Nötigste herauszuschneiden und lächelte; was das bedeutete, versuchte ich bis zum Abend vergebens zu enträtseln.

Und dann begleitete mich Frau Scheidegger hinauf in den siebten Stock und ins Zimmer 702, ein Zweier-Eckzimmer mit Balkon. Frau Messerli von der Bettendisposition war so lieb gewesen, meinen Wunsch nach Bergsicht zu erfüllen. Von meinem Bett am Fenster aus sah ich den Niesen und die Blüemlisalp, das Stockhorn selber war vom Balkon aus zu sehen; ich brauchte dazu bloss den Kopf um die Hausecke zu recken.

An jenem Tag war die Sicht auf die Berge verhangen.

Im Zimmer wurde ich begrüsst von einer jungen Frau Zimmerli, ihrem ebenso jungen Mann und ihren Eltern. Auf dem Bett lag ein Baby. Mutter Zimmerli unterrichtete mich umgehend:

„Der Arzt hat Sie vorhin gesucht."

„Danke, er hat mich gefunden."

„Das war eine komische Situation, wissen Sie, die Frau, die bis heute in Ihrem Bett lag, hiess auch Sollberger. Krebs. Jetzt ist sie nach Erlenbach verlegt worden. Was haben Sie denn?"

„Etwas am Hals." Mehr wollte ich nicht sagen.

„Meine Tochter hat Nierensteine, aber sie können nichts machen, weil sie schwanger ist. Im zweiten Monat.", fügte sie mit vielsagendem Blick und in verschwörerischem Tonfall an.

Herr Zimmerli, der Ehemann, fragte, ob es mir etwas ausmache, wenn er abends jeweils bis 21 Uhr hier im Zimmer bliebe.

Das konnte ich zu jenem Zeitpunkt noch nicht wissen. „Wahrscheinlich nicht", erwiderte ich bloss.

17 Uhr. Ich war inzwischen von einer weiteren Frau in einem weissen Kittel über den Verlauf meines Aufenthaltes informiert worden und fühlte mich bereit für eine bescheidene Nahrungsaufnahme. 2 Brötli, 1 Stück Tilsiter, grün, 1 Stück la vache qui rit und ein Mocca-Joghurt. Letzteres erwies sich als eine Offenbarung: ein Joghurt erster Qualität aus der Oberlangenegger Chrüzwäg-Chäsi, aus silofreier Fütterung. Dieses karge Mahl nahm ich am Tischchen beim Fenster zu mir. Die Sicht auf die Berge war verhangen.

Angesichts Herrn Zimmerlis Anwesenheit zog ich mich im Bad im Korridor draussen um, schlüpfte in mein eigens neu gekauftes Pyjama mit einem grossen V-Ausschnitt. Danach legte ich mich ins Bett, wo mir erneut Puls und Blutdruck gemessen wurden. Die diensthabende Krankenschwester legte noch ein *Temesta Expidet* auf das Tischen neben meinem Bett. Ich liess es liegen - während und nach der Operation würde ich genug schlafen können.

Nacht. Die Glocken an der Stadtkirche schlugen alle 15 Minuten den Gang der Zeit an. Ich fühlte eine Ruhe über mich kommen, ein Gefühl der Weite, der Leichtigkeit, des absoluten Einsseins mit mir, ein Sein im Hier und Jetzt. Bedingungslos. Mir war, als mache sich mein Schutzengel neben meinem Bett einsatzbereit, oder der Geist meiner verstorbenen Mutter oder beide zusammen. Ich dachte mit Wehmut und Liebe an die Frau, deren Geburtstag sich just an diesem Tag zum 85. Mal jährte. Um 2 Uhr liess ich das *Temesta Expidet* dann doch noch auf meiner Zunge zergehen, kuschelte mich ins weisse Leintuch. Dieses hatte ich auf Wunsch erhalten, da ich es mit dem nordischen Schlafen nicht so habe. Wenn ich um 6 Uhr wieder erwachen würde, würde ich das Stockhorn sehen, freute ich mich.

****

Dienstag, 1. März

Ich bin schon wach, bevor die diensthabende Krankenschwester mich um Punkt 6 Uhr wecken kommt. Ich bin guter Dinge. Mental stabil und fürs Abenteuer gerüstet, gehe ich ins Bad und dusche. Ich betrachte Lotti ein letztes Mal im Spiegel, von vorne, im Profil, von links und rechts, ich lege meine Hand darauf, spüre es ein letztes Mal. Es ist eine befremdende Vorstellung, mir künftig an den Hals zu greifen und Lotti nicht mehr zu spüren. Rund und kräftig ist es und fühlt sich eigentlich gut an. Über drei Jahre lang ist es mir am Hals gehangen, ist es ein Teil von mir geworden, Ausdruck einer Reaktion meines Körpers auf irgendetwas, das ich noch immer nicht herausgefunden habe. Aber, so hatte auch Dr. Hübscher gemeint, im Konjunktiv, in dem ja alles möglich ist, es könnte entarten und bösartig werden. *Lotti sich feindlich gegen mich richten*? Deshalb müsse es raus.

Bevor ich ins Zimmer 702 zurück gehe, trete ich auf den Balkon am Ende des Korridors, atme die kühle Morgenluft ein und schaue zum Stockhorn hinüber. Leider ist die Sicht verhangen. Aber ich weiss ja, wie es dasteht wie gemeisselt, wie ein in die Höhe gestreckter Daumen, der signalisiert: „Alles ist gut!"

Ein einzelner Vogel pfeift. Ich beschliesse, dies als gutes Zeichen zu deuten. Nach einem tiefen Atemzug kehre ich ins Bett zurück, wo mir die diensthabende Krankenschwester ein Tablettchen in der Grösse eines Globulis reicht.

Oh, man müsste mir noch den Nagellack entfernen.

„Warum denn?"

Während der Operation könne man anhand der Farbe unter den Fingernägeln irgendetwas feststellen.

Während sie sich auf die Suche nach Nagellackentferner macht, sage ich mir: „Du gehst besser noch einmal aufs WC."

Auf dem Korridor will die Krankenschwester mit vor Erstaunen geweiteten Augen wissen, wohin ich denn gehe.

„Noch schnell aufs WC."

„Das sollten Sie jetzt aber nicht mehr allein tun!"

Was sie damit gemeint hat, merke ich, als ich auf dem WC sitze und sich die Fliesen unter mir zu bewegen und die Wände neben mir zu verengen beginnen.

Zurück im Zimmer, lege ich mich aufs Bett. Die Zeit läuft. Nachdem kein Nagellackentferner hat gefunden werden können und mir enge Thrombosestrümpfe übergezogen worden sind, werde ich, mit den Füssen voran, aus dem Zimmer geschoben. Der Lift führt mich nach unten und in eine kurze Gedächtnislücke. Dann werde ich einen kühlen Korridor entlang gerollt und irgendwo hingestellt. Ich bekomme meine Augen nicht mehr auf, spüre aber, wie jemand mir mit einem Stück Watte den Lack von meinem linken Zeigefinger wischt und noch einmal erklärt, warum, nämlich, weil es während einer Operation wichtig sei, die Haut unter mindestens einem Fingernagel des Patienten sehen zu können. Dann höre ich eine Frauenstimme zu meiner Linken sagen, sie stecke mir nun eine Infusion in den Handrücken.

„Ou, Sie, das ist aber nicht einfach bei mir, wissen Sie, ich habe nämlich Rollvenen! Die Praxisassistentin bei meiner Hausärztin hat bei der letzten Eiseninfusion geflucht."

„Was, geflucht?", sagt eine Männerstimme zu meiner Rechten. „Das war aber nicht nett."

„Voilà, und schon steckt sie", vernehme ich die Frauenstimme zu meiner Linken.

Mit letzter Kraft erinnere ich mich daran, gelesen zu haben, man solle vor einer Operation immer noch einmal klarstellen, ob und dass auch wirklich das Richtige operiert würde.

„Sie, ich habe gelesen, man solle vor der Operation - noch abklä - ren, dass - auch wirklich das - Richtige operiert wird. Ich bin wegen – einem – einem Struma, Stru - ma unino - dosa hier und - der Arzt hat versprochen, - dass – ähm - nur das Nötigste heraus – zu – schneiden", bringe ich schleppend hervor.

„Da haben Sie ganz recht. Dann checken wir das doch noch schnell", sagt die Männerstimme. „Wann haben Sie denn Geburtstag?"

Ich sage es ihm.

„Perfekt. Dann sind Sie hier genau richtig." Dann hält er mir etwas über die Nase, das sich anfühlt wie ein Plastiktrichter.

„So, und jetzt atmen Sie tief ein und stellen sich vor, Sie gehen in die Ferien an einen schönen Ort."

Ich komme nicht mehr dazu, mich flugbereit zu machen, schon bin ich weg und alles ist mir wurscht.

„Frau Sollberger?"
„Ja."
„Wie geht's?" Die Frauenstimme zu meiner Linken.
„Ja."
„Sagen Sie bitte ‚Amerika.'"
„Amerika."
„Sehr gut, die Stimme ist in Ordnung."
„Der Arzt lässt ausrichten, er habe nur das Nötigste herausgeschnitten." Auch die Männerstimme zu meiner Rechten blubbert wie unter Wasser. Und die Gewebeprobe habe nichts Bösartiges ergeben.

Super. Denke ich das oder sage ich es? Ich mache mir unter einiger Anstrengung eine mentale Notiz des Gehörten. In meinem Brustkorb breitet sich Wärme aus, ich fühle mich gut, beschützt und glücklich.

Später, nach einer Gedächtnislücke:
„Geht's, Frau Sollberger?" Die Frauenstimme zu meiner Linken.

Ich weiss genau, wo ich bin, bekomme aber meine Augen nicht auf.

„Ja, aber heiss haben Sie es hier. Ich schwitze ja wie in der Sauna."

„Warum haben Sie denn nichts gesagt?" Die Heizdecke auf meinem Körper wird zurückgeschlagen.

„Ich dachte, das müsse so sein."

Als mein Bett mit dem Kopfende voran ins Zimmer 702 geschoben wird, muss es um die Mittagszeit herum sein. Die Manschette des Blutdruckmessers saugt sich an meinem Oberarm fest; wie mir scheint ununterbrochen. Im ersten lichten Moment erinnere ich mich daran, dass Dienstag ist und ich am Abend auf keinen Fall den Krimi im Fernsehen verpassen darf. Die diensthabende Krankenschwester verspricht, mir zu diesem Zweck Kopfhörer zu bringen.

Die Sicht auf die Berge ist verhangen.

Gegen 16 Uhr rufe ich den Mann an, von welchem ich glaube, dass er sich freut, mich noch unter den Lebenden zu wissen. Wie sich herausstellt, ist er auch schon seit 6 Uhr wach und hat mich in Gedanken begleitet. Ich deute das als einen Liebesbeweis und es berührt mich tief.

Abendessen: *Ein Süppchen und ein Kännchen Kaffee*
Blutdruck: *92/52*

Nach dem Krimi, dessen Handlung mir etwas wirr erscheint, folgt eine der längsten Nächte meines Lebens. Die Sicht vor dem Fenster ist verhangen. An der Wand gegenüber hängt ein Bild von Klee: Dreiecke und Kreise in Blautönen. Neben meinem Bett ächzt ein Luftbefeuchter, in meinem Handrücken stecken zwei Kanülen, in meinem Hals ein Schläuchlein für die Wunddrainage, in jedem Nasenloch steckt ein Plastikröhrchen, über das mir Sauerstoff zugeführt wird. Dieser verleiht meinen Wangen einen gesunden, rosigen Touch. Die Trombosestrümpfe drücken. Ich wage nicht, mich zu bewegen. Auf meinem Nachttisch liegen inzwischen bereits drei Tabletten zur Schmerzbekämpfung, die ich nicht benötige, weil ich keinerlei Schmerzen zu bekämpfen habe. Einmal fahre ich aus einem leichten Schlaf hoch. Eine Kanüle an der Hand ist herausgerutscht, ein Plastikteilchen zu Boden gefallen.

„Sie, ich glaube, es ist etwas heruntergefallen!"

„Dann rufen Sie halt jemanden", zischt Frau Zimmerli vom Bett nebenan.

Ich schlage Alarm - was mir nachher etwas peinlich ist, da er sich als ein falscher entpuppt. Alle Schläuche und Plastikteilchen sind noch intakt und dort, wo sie sein müssen. Das Schlimmste aber ist, und dies erst macht die Nacht so unendlich lang, ich habe noch nie zuvor derart inbrünstig eine Tasse Kaffee herbeigesehnt. Sogar während der gelegentlichen Schlummerphasen rieche ich ihn.

Durchs Fenster sehe ich das Licht auf dem Niesen.

Mittwoch, 2. März

Von der Stadtkirche her schlägt es 6 Uhr, 6 Uhr 15, 6 Uhr 30, vereinzelt piepsen ein paar Vögel. Nur vereinzelt. Wo sind eigentlich all die Vögel, wo ihr fröhlicher Morgengesang?, frage ich mein Tagebuch. 6 Uhr 45, 7 Uhr, 7 Uhr 15. Endlich! Die Türe öffnet sich und zwei Schwestern betreten das Zimmer. Frau Mattenberger, die jüngere, trägt ihr dunkles Haar zu einem Bürzi hochgesteckt. Das Schildchen an ihrer weissen Bluse identifiziert sie als Pflegefachfrau in Ausbildung. Auf einem Tablett trägt sie ein Brötchen, meine Lieblingskonfitüre, Heubeeri, und, wie eine Fata Morgana, ein Kännchen Kaffee! Es ergibt genau 1 ½ Tassen.

„Haben Sie noch einen Wunsch, Frau Sollberger?"

„Ja, also, wenn's geht, nehme ich gerne noch ein Joghurt und - Sie, also, wenn ich noch einen Kaffee haben könnte, das wäre super!"

Sie hätten leider nur Nescafé auf der Station, bedauert Frau Mattenberger.

Das sei wurscht.

Für Frau Sollberger könne man schon ausnahmsweise einen aus ihrer, sprich der Stationsmaschine, rauslassen, sagt die ältere Krankenschwester.

Und so kommt Frau Mattenberger nach wenigen Minuten mit einer Tasse wohlriechenden Kaffees zurück und stellt ihn mit den Worten „So, das ist aber im Fall ein starker Cheib geworden." auf das Servierbrett über meinem Bauch.

In der Tat: Kaum hat der Kaffee meine Speiseröhre passiert, lässt er mein Herz pumpen und meinen Puls ansteigen.

Frau Zimmerli bekommt Besuch von einer Kollegin. Sie unterhalten sich in einer skandinavischen Sprache über Stellenwechsel und langweilige Arbeitsplätze. Auf Nachfrage versichert mir Frau Zimmerli später, dass sie keine andere Sprache als Berndeutsch beherrsche und auch mit ihrer Kollegin todsicher Berndeutsch geredet habe. Das verwirrt mich etwas.

Mittagessen: *Spargelcrèmesuppe, Seeländer Gemüsekuchen, Randen- und grüner Salat, Glace*
Blutdruck: *92/52*
Puls*: tief, aber im Rahmen*
Die Sicht auf die Berge ist verhangen.

Frau Mattenberger fragt, ob es mir etwas ausmachen würde, wenn sie mir das Wunddrainageschläuchlein aus dem Hals ziehe und wenn eine Praktikantin ihr dabei zusehe.
„Warum sollte mir das etwas ausmachen?"
„Ja, wissen Sie, ich habe das drum erst einmal gemacht."
„Aha! Ähm – hm. Und? Ist's gut gegangen?"
„Ja, schon."
„Und? - Was meinen Sie, tut's weh?"
„Tierisch, glaube ich."
Tierisch! Jesses!
Wir vereinbaren, dass ich tief einatme, dabei bis fünf zähle und sie, Frau Mattenberger, das Schläuchlein genau in dem

Moment rauszieht, in dem mein Atem wieder auszufliessen beginnt.

Auf eine Schmerzexplosion gefasst, bitte ich die Praktikantin, zur Sicherheit ihre Hand umkrallen zu dürfen. Es passiert aber nichts, und das Schläuchlein ist draussen, bevor ich überhaupt daran denken kann.

Bestens! Wir freuen uns alle. Ich bedaure aber, dass niemand mit einem Fotoapparat zu Besuch gekommen ist – und mein bandagierter Hals der Nachwelt auf immer vorenthalten bleiben wird.

Am Nachmittag, nun von allen Schläuchen und Kanülen entbunden, steige ich zu Fuss die sieben Stockwerke hinunter zur Cafeteria, wo ich an der Kasse mit der Frau ins Gespräch komme und ihr meinen bandagierten Hals zeige. Danach hänge ich bei einem Kaffee und einem Thoncanapé meinen Gedanken nach. Es sind Gedanken tiefer Dankbarkeit. Die Wunde heilt gut und hat insgesamt nur wenig Flüssigkeit abgesondert. Das sei ein gutes Zeichen, hat Frau Mattenberger gemeint. Das finde ich auch und steige die sieben Stockwerke wieder hinauf.

Herr Zimmerli liegt bei meiner Rückkehr ins Zimmer zusammen mit dem Baby bei seiner Frau im Bett und schaut mich durch seine grossen Brillengläser an.

„Sie haben scheint's unruhig geschlafen letzte Nacht und geredet haben Sie auch im Schlaf!"

„Oje - habe ich viele Geheimnisse verraten?"

„Sag' ich nicht!"

Ich will es auch nicht wissen.

Das Baby der Zimmerlis brüllt.

Abendessen: *Tomatenrisotto, Parmesan, gemischter Salat, eine Banane*
Die Sicht auf die Berge ist noch immer verhangen.

Das Baby der Zimmerlis brüllt noch immer.

Gegen 19 Uhr bekomme ich überraschend Besuch von Andreas und Ändu aus Faulensee. Wir gehen per Lift in die Cafeteria hinunter. Die Mutter von Frau Zimmeli ruft uns hinterher, die sei um diese Zeit geschlossen, man könne aber am Automaten Getränke beziehen.

Andreas, Ändu und ich unterhalten uns angeregt und ich erläutere ihnen detailgetreu den Verlauf meines bisherigen Spitalaufenthaltes – soweit ich mich erinnere – bis ich etwas fahl im Gesicht werde.

Bei meiner Rückkehr ist Frau Zimmerli nicht mehr da, verschwunden samt Bett und Familienanhang. Ich verbringe die Nacht allein im Zimmer.

Blutdruck: *105/47*

Donnerstag, 3. März
Blutdruck *100/60*
Die Sicht auf die Berge ist verhangen.

Frühstück: *Ein Naturejoghurt aus der Oberlangenegger Chrüzwäg-Chäsi, aus silofreier Fütterung, ein weisses Brötchen, Konfitüre, ein Kännchen Kaffee.*

Das Weissbrot ist wohl Programm, da die Körnchen von dunklem Brot eventuell meine innere Wunde reizen könnten. Deshalb esse ich es, ohne nachzufragen.

Am Vormittag steige ich wieder zu Fuss in die Cafeteria hinunter und hänge bei einem Kaffee und einem Thoncanapé meinen Gedanken nach. Immer wieder greife ich mir auch hier an den Verband am Hals, denke an Lotti. Es ist nach Bern in die ‚Insel' geschickt und dort untersucht worden. Und jetzt liegt es irgendwo in einem Abfallcontainer - und damit ja auch ein Stück von mir. Es ist ein unangenehmer Gedanke, der mich an meine - körperliche - Vergänglichkeit erinnert. In memoriam verspreche ich Lotti, meinen Hals, meine Schilddrüse, künftig nur noch mit dem Besten zu nähren: Amaranth schon morgens im Müesli, viele Crevetten, noch mehr Thunfisch und jede Menge grüner Erbsen.

Mittagessen: *Kartoffelsuppe mit Majoran, sautiertes Pouletbrüstli, Orangensauce, Griessgnocchi, zweierlei Rüebli, Fruchtsalat*
Blutdruck: *100/60*
Puls: *tief, aber im Rahmen*

Vor dem Essen ist eine Italienerin mittleren Alters ins Zimmer geschoben worden und bekommt im Halbstundentakt Besuch. Gemeinsam beklagen sie das Schicksal und beschwören die Madonna.
Dr. Fröhlicher kommt auf Visite. Er berichtet, Lotti habe ausgesehen wie ein Stück Schoggi-Mousse.
„Mit dem Reden geht's offenbar gut", stellt er zufrieden fest.
„Ja, mit Reden hatte ich noch nie Mühe."
„Gut, dann können wir Sie also morgen gehen lassen."

Am Nachmittag bekomme ich Besuch von meiner Freundin Theresa aus Bern. Sie bringt eine ‚Berner Zeitung' mit, darin ist ein Interview mit Polo Hofer zu seinem neuen Album mit Bob Dylan Covers. Wir gehen per Lift in die Cafeteria hinunter, wo wir uns angeregt unterhalten und ich ihr detailgetreu den Verlauf meines bisherigen Spitalaufenthaltes erläutere – soweit ich mich erinnere – bis ich etwas fahl im Gesicht werde.

Abendessen: Fagotini Tartufo (mit weissen Trüffeln), Basilikumsauce, gemischter Salat, ein Apfel
Blutdruck: *100/60*
Puls: *tief, aber im Rahmen*

Die Italienerin, Unterleibsoperation, wie ich herausfinde, hat aufgeregten Besuch.

Nach dem Abendessen steige ich noch zwei Mal die sieben Stockwerke hinunter und hinauf, zur Verdauung der Fagotini Tartufo und zur Stabilisierung meines Blutkreislaufes.

Als krönender Abschluss meines Abenteuers kommt am Abend im Fernsehen ein Film über Biber, den ich trotz Wackelkontakt im Kopfhörer geniesse. Womit habe ich das bloss verdient?

Am Bett der Italienerin beklagen 14 Personen jeder Altersgruppe das Schicksal.

Während der Nacht denke ich an jenen Nachmittag im Café am See zurück und suche nach weiteren Redewendungen, welche der Volksmund zum Thema Hals auf Lager hat: Worte bleiben einem im Hals stecken, Wut und Trauer ebenso (Lachen übrigens auch!), man kann vor Ärger einen dicken Hals bekommen, dann aber seinen Kropf leeren, man kann etwas oder jemanden am Hals haben, sich aber auch jemanden vom Hals halten, man kann sich zu viel aufhalsen, das Wasser kann einem bis zum Hals stehen, etwas kann einem den Hals zuschnüren, man kann Tränen verschlucken, etwas kann einem zum Hals raushängen. Und dann gibt es noch diejenigen, die Gold in der Kehle haben...

Ich erstellte eine Liste davon in meinem Tagebuch. Welche Wendung liesse sich am besten auf mich und meine Lebensumstände anwenden? Mehrere, stelle ich, gnadenlos selbstkritisch, fest und beschliesse, der Sache künftig detailliert nachzugehen.

Wie in den Nächten zuvor erwache ich alle zwei Stunden, als die diensthabende Nachtschwester mir ein Thermometer ins Ohr steckt oder meinen Blutdruck misst, der seit zwei Tagen regelmässig 100/60 anzeigt. Die Italienerin ruft regelmässig die Madonna an.

Freitag, 4. März
Der letzte Morgen im Spital: Gegen sechs Uhr hebt sich die Silhouette des Niesen grau aus einer Nebeldecke hervor, wie mir zum Gruss, um alsbald wieder dahinter zu verschwinden.
Frühstück: *Wie gehabt. Konfitüre: Hagenbutte*
Die Sicht auf die Berge ist verhangen.

Das Mittagessen verpasse ich leider, da ich das Zimmer bis 10 Uhr verlassen haben muss. Ich bedaure dies und meinen Entschluss, nicht bis Samstag zu bleiben. Noch nie in meinem Leben bin ich derart betüttelt, sind mir Wünsche von den Augen abgelesen worden.

Und so werde ich *mit problemlosem Schluckakt, im Normbereich liegendem, postoperativ gemessenem Calciumwert, reizlosen Wundverhältnissen sowie beschwerdearm ohne Analgesie*, kurz: in gutem Allgemeinzustand, nach Hause entlassen.

****

Bevor ich das Spital verliess, ging ich im Raum der Stille in mich und tat bei Lotti in Gedanken Abbitte. Hatte ich tatsächlich auch nur für den Bruchteil eines Wimpernschlages geglaubt, es könnte mir Böses wollen? War nicht genau das Gegenteil der Fall gewesen? Hatte es nicht mein Leben verändert und bereichert? Über drei Jahre lang war es ein Teil von mir geworden. Dass es nun irgendwo in einem Abfalleimer lag, tat mir sehr leid. Aber es hatte seine Schuldigkeit getan, es hatte mir zu denken gegeben und das gründlich! Ich wusste, mein Leben würde nicht mehr sein wie bisher. Wo genau es mich hinführen würde, war noch ungewiss, aber ganz gewiss nicht dorthin zurück, wo ich gewesen war.

In der Cafeteria hing ich bei einem Kaffee und einem Thoncanapé diesen Gedanken weiter nach; ich griff mir an den nunmehr schlanken Hals und kam zum Schluss, dass jede Narbe schlussendlich auch eine geheilte Wunde ist.

Danach zottelte ich samt meinem Rollkoffer, meinem Rucksack und meiner wie immer viel zu schweren Tasche nach Hünibach. Und wie ich so dem See entlang ging, etwas gemächlicher als sonst, schoben sich die Wolken auseinander und gaben den Blick aufs Stockhorn frei! In seiner ganzen Schönheit stand es wie gemeisselt weiss-silbern gegen den blauen Himmel ab. Wie ein nach oben gerichtetem Daumen, der signalisiert: „Alles ist gut!"

BLODIKOLD

Klara lehnt gegen das brusthohe Geländer und schaut in den Fluss. In der sanften Bewegung des Wassers ziehen sich die orangefarbenen Lettern des COOP in die Breite, bevor sie zu dünnen Strichen werden. Entlang des Quais geben die Laternen durch den Nieselregen hindurch ein mattgelbes Licht ab; gegen den See hin reihen sie sich im Wasser wie zu einer Bernsteinkette. Es ist kalt.

Ein Schwarzer geht hinter ihr vorbei, eine weisse Wollmütze tief ins Gesicht gezogen und einen grauen Schal um den Hals geschlungen. Klara fällt ihr neuer Nachbar ein, ein Afrikaner, der seit zwei Monaten in der Schweiz lebt. „Sweis is blodikold!", hat er gesagt, als sie ihn zum ersten Mal vor dem Haus getroffen hat. Er hat sich mit der Hand Schnee von den Schultern und vom Kopf gewischt und sie angestrahlt.

Blodikold? Klara hielt es für angebracht, wenigstens zu lächeln. Sie lächelte weiter, als sie die Werbesendungen aus dem Briefkasten nahm. Dann hielt er ihr die Türe auf und sie gingen hintereinander ins warme Treppenhaus, Klara hinauf in den zweiten Stock, er hinunter ins Sous-Sol. *Blodikold*.

Soll sie zuerst die Handtasche ins Wasser werfen? Oder soll sie sie hier am Geländer stehen lassen? Sie werden darin ihre Identitätskarte finden. Ihre verwirrte Tante, die im Pflegeheim vor sich hindämmert, wird sich nicht an Klara erinnern. Ihren Cousin hat Klara seit Jahren nicht gesehen, er müsste wohl erst nachdenken, wenn die Polizei ihn anriefe und nach ihr fragte.

Ihre Mutter muss jetzt wohl um die 70 sein. Wo die wohl ist? Spürt sie nicht irgendwie, dass mit ihrer Tochter etwas nicht stimmt? Immerhin ist sie doch ihr Fleisch und Blut? Auch wenn sie nach der Geburt nichts von ihr wissen wollte und sie bei der Grossmutter abgegeben hat.

In der Küchentischschublade werden sie Bilder von Sandy, der Labradorhündin, finden und ein paar von Johannes. Klara hat Letztere bloss noch nicht weggeworfen, weil es ihr zuwider ist, sie anzusehen, ja auch nur anzufassen. Sie werden auch ihr Testament finden; klar und deutlich abgefasst, schon vor langer Zeit. Man weiss ja nie. Ihr Erspartes soll an den Zoo gehen.

Sie werden alles durchsuchen, jeden Winkel. Ob sie dabei auch weisse Handschuhe tragen werden wie in den Krimis? Es kommt ja jeden Abend irgendeiner im Fernsehen. Am liebsten hat Klara die deutschen, die amerikanischen sind ihr zu brutal.

Sie werden kein einziges Staubkorn in ihrer Wohnung finden, das wäre Klara peinlich.

Sie werden auch das Kündigungsschreiben finden. 34 Jahre in der Buchhaltung und Aushilfe am Empfang, und dann bedauern sie: Reorganisation und Fusion. Die Firma hat jetzt einen französischen Namen. Nicht einmal einen Blumenstrauss hat Klara bekommen. *Tschüss und adieu*! Es war ein schwacher Trost gewesen, dass 16 andere auch gehen mussten. Johannes konnte bleiben, Schlosser brauchen sie immer.

Es muss schnell gehen. Jemand könnte sich sonst auf sie stürzen und sie zurück reissen. Aber wie? Das rechte Bein hoch und über das Geländer damit? Kann sie ihr Bein überhaupt so hoch hinauf anheben? Oder sich emporziehen, mit dem Bauch über das Geländer legen und sich dann vornüberfallen lassen? Wie tief ist das Wasser eigentlich? Was, wenn sie sich beim Fallen den Kopf aufschlägt?

Es sind kaum Menschen auf dieser Seite der Strasse, aber jemand könnte auf sie zu rennen und sie am Mantel festhalten.

„Was machen Sie denn für Sachen?"

Aber viel wahrscheinlicher ist doch, dass die Leute stehen bleiben und ihr zusehen. Sie werden ans Geländer eilen und zu ihr hinunterschauen, wo sie wahrscheinlich strampeln wird. Was, wenn sie es dort mit der Angst zu tun bekommt, wenn ihre Beine gefühllos werden im eiskalten Wasser? Was, wenn sie ihre Meinung ändert und um Hilfe schreit? Jemand wird ihr Gezappel vielleicht mit dem Handy filmen.

Mit Regen durchmischte Schneekristalle wehen ihr seitwärts ins Gesicht.

Sie werden Bewerbungsschreiben finden. Und die Absagen dazu. Alle alphabetisch in einem Ordner gesammelt.

Die Sachbearbeiterin auf dem Arbeitsamt könnte vom Alter her ihre Tochter sein.

„Können Sie eine Fremdsprache?"

„Nein."

„Kein Englisch?"

„Nein."

„Und Französisch?"

„Auch nicht."

Hm. Was sie denn könne?

„Schreibmaschine schreiben, am Computer arbeiten, rechnen und häkeln."

Sie werden in ihrer Wohnung Häkelarbeiten finden: Kissenbezüge, Lampenschirme, Vorhänge und Tischdecken, den WC-Deckelüberzug, die WC-Rollenhülle. Johannes hat sie immer damit aufgezogen. „Willst du nicht noch dem Fernseher ein Mäntelchen häkeln? Dann ist ihm nicht kalt, wenn du lüftest."

Ernst hat er das sicher nicht gemeint. Klara ist stolz auf ihre Arbeiten. Mit Pfeilen auf eine Scheibe schiessen ist schliesslich auch nicht viel gescheiter.

„Ja, das wird nicht einfach werden. Sie sind 51?"

„54."

Klara hat Formulare ausgefüllt und bewirbt sich jeden Tag um irgendeine Stelle. Auch um solche, die für sie gar nicht in Frage kommen, aber was soll sie tun? Man muss ja nachweisen, dass man sich bemüht. Das kostet jeden Tag Porto und ein grosses Couvert, und Fotos sind auch nicht gratis in diesen Apparaten am Bahnhof. Das könnten ihr die vom RAV auch bezahlen, Klara hat es ja auch nicht im Überfluss.

Einmal hat Klara für vier Monate in der Küche eines Altersheimes gearbeitet. Das hat ihr gefallen, da wäre sie gerne geblieben. Der Koch war ein Grindelwaldner, ein Lustiger, der hat immer Witzchen gemacht mit ihr. Die anderen, zwei Portugiesinnen, eine Thailänderin und zwei Tamilen haben ihn ja nicht verstanden. Aber es ist auch nur temporär gewesen.

Aber jede Arbeit nimmt Klara nicht an, das ist sicher. WC putzen tut sie nicht und in einem Kiosk stehen auch nicht. Da wird man am Ende noch überfallen.

Sie könnte doch Zeitungen austragen, sagte die Frau, die ihre Tochter sein könnte. Zum Glück klingelte dann das Telefon und sie hat es wieder vergessen. Klara läuft doch nicht mitten in der Nacht durchs Quartier, ganz allein, und jetzt im Winter sowieso nicht. Aber man muss vorsichtig sein, man darf eine Arbeit nicht einfach ablehnen.

Man kann sie doch noch brauchen! Will sie denn wirklich niemand mehr?

Sie wird das Bewusstsein verlieren und dann ist alles vorbei. Wie lange wird das dauern? Wahrscheinlich wird ihr Herz stillstehen. Das Herz wird ihr einfrieren. Erfrieren. Aber das ist es doch bereits. Zugefroren. Seit Johannes gegangen ist.

Nach der Gebärmutterhalsentzündung hat es so geschmerzt, dass sie nicht mehr wollte. Sie hat es ihm gesagt und er hat nichts darauf erwidert. Er kaufte sich dann einen Pfeilbogen und lernte damit schiessen. Die Kollegen und Kolleginnen seines Klubs standen Spalier, als er die andere heiratete. Die Schützenkönigin des Vereins und 22 Jahre jünger als Klara. Was hat die, das Klara nicht hat? Einen strafferen Bauch? Mehr Lust im Bett? Kein einziges Mal hat Klara nein gesagt, hat immer stillgehalten, weil sie dachte, das müsse halt sein. Bis sie es vor Schmerzen halt nicht mehr ertragen hat. Die Hochzeit stand in der Lokalzeitung unter ‚Vereinsleben' und sie haben eine Foto gedruckt vom Brautpaar. *Schützenkönigin von Amors Pfeil getroffen!*

Aber deswegen springt man doch nicht in die Limmat, dazu noch im Januar! Nein, aber wegen der Traurigkeit und dem Alleinsein und der leeren Wohnung. Drei Jahre hat Klara dort mit Sandy gelebt. Und jetzt hat sie diese auch verloren.

Klara zuckt zusammen, als sie hinter sich eine laute Stimme hört. Es ist eine Frau in elegantem Mantel mit Pelzkragen und einer Aktentasche. Sie hält den Kopf gegen den Schneewind gesenkt und redet in ein Handy. Mit wem telefonieren diese Leute eigentlich immer? Im Bus, an der Migroskasse und auf dem Velo sogar. Kennen die so viele Menschen?

Wozu hat Klara sich eigentlich einen Telefonbeantworter aufschwatzen lassen? Es ruft ja nie jemand an. Und wenn es doch einmal klingelt, dann ist es jemand von einem Meinungsforschungsinstitut oder so ein Heini von einer Telefonfirma, der ihr ein noch moderneres Gerät andrehen will oder es ist eine falsch Verbundene.

Ist es Klaras Schuld, dass sie Krampfadern hat und nicht schlank ist? Sie isst nicht zu viel, höchstens in letzter Zeit ein wenig, aber in der Migros haben sie immer so Süssigkeiten zum halben Preis.

Einmal musste sie sechs Wochen an einer Migros Kasse arbeiten, auch temporär. Nach vier Wochen war ihre rechte Schulter steif und das Handgelenk entzündet. Sie hat durchgebissen und sich selber kuriert mit Rheumapflaster und Tigerbalsam. Zum Arzt geht Klara nicht mehr.

Wie das wohl aussieht, wie sie so hier steht? Sicher komisch. Was denken wohl die Leute, die vorbeigehen? Aber die haben sicher keine Zeit, über sie nachzudenken. Die haben es eilig, die müssen morgen früh wieder zur Arbeit, oder sie sind verliebt oder zu betrunken. Vielleicht macht ihr dunkelbrauner Mantel sie unsichtbar? Der Nebel ist tiefer gesunken. Klara hört, wie das Wasser gegen die Mauer unter ihr schwappt. Die Strassenlaterne neben ihr wirft einen gelben Punkt in die Dunkelheit.

Wie lange wird sie im Wasser liegen? Schwer genug ist sie ja, um bis auf den Grund zu sinken. Ob es dort Steine hat oder solch ekliges Zeugs, das sich zwischen die Zehen saugt und zwischen ihnen hervorquillt wie Teig beim Kneten durch die Finger? Einmal war Klara mit Johannes im Vierwaldstättersee schwimmen in der Nähe von Weggis. Es ekelte sie, wie das grün-braune Zeug warm zwischen ihren Zehen hindurch flutschte. Aber jetzt ist Januar und sie trägt warme und dicke Winterstiefel. Die werden sich mit Wasser füllen und Klara unten halten.

Sie schaut hinunter in den Fluss. Wo die darüber wabernden Nebelschwaden vom Wind aufgerissen werden, geben sie den Blick frei auf eine blau-schwarz glänzende Fläche.

Vielleicht wird sie irgendwo einmal angeschwemmt. Im Aargau unten oder erst im Rhein in Deutschland.

Die Fische werden sie mustern mit ihren Glubschaugen und beschnuppern. Schnuppern Fische überhaupt?

Von der Peterskirche schlägt es zwölf Mal. In einer Viertelstunde fährt eine S-Bahn. Die letzte. Klara fröstelt. Ihr Magen knurrt. Sie hat eingekauft heute, im Kühlschrank hat es Salami und Crèmeschnitten. 3 für 2.

Ja, sie hat immer stillgehalten, wenn Johannes etwas von ihr wollte. Es sei sein Recht, hat er gesagt. Und sie hatte immer ein schlechtes Gewissen, weil sie immer hoffte, nicht schwanger zu werden. Nicht so wie ihre Mutter. Klara war ein ‚Unfall' gewesen. Vater unbekannt. Sie ist bei der Grossmutter aufgewachsen, und diese hat sich im Dorf immer geschämt wegen der ‚Unehrlichen'. Mit 16 ging Klara in die Fabrik arbeiten. Ans Fliessband, 8,27 Stunden pro Tag immer dieselbe Bewegung. Dann liess der Chef sie im Büro arbeiten und schliesslich durfte sie eine Bürolehre machen. Dafür ist sie ihm immer dankbar gewesen. Im dritten Lehrjahr lernte sie Johannes kennen, als er jeweils Ende Monat seinen Lohn im Büro abholte. Klara war gut mit Zahlen, ihre Bilanzen stimmten immer. Nicht so wie bei der Frau Blum. Mit der musste sie ständig Überstunden machen und Fehler suchen helfen. Klaras Leben ist geradlinig verlaufen, immer anständig ist sie gewesen, sie hat nie einen anderen angeschaut als Johannes. Und was ist der Dank?

Ihre Beerdigung wird wohl eine kurze Sache werden. Wer da wohl kommen wird? Ihre Coiffeuse vielleicht, wenn sie sich freimachen kann. Klara fällt ein, dass sie am Donnerstag einen Termin bei ihr hat. Sie muss sich das wieder einmal leisten, mit diesen Fäden auf dem Kopf kann sie nicht mehr länger herumlaufen und sich vorstellen gehen. Die Coiffeuse wird keine Freude haben, wenn sie nicht kommt, sie regt sich schon auf, wenn man ein paar Minuten Verspätung hat. Vielleicht kommt der neue Nachbar. „Guten Tag wi get inen. Isch heisseii Littu."

Klara hat ihm die Waschmaschine erklärt. Am nächsten Nachmittag stand er vor ihrer Türe. „Guten Tag wi get inen? Isch lörnei teutsch.", und er streckte ihr Hyazinthen in einem roten Übertopf entgegen. „Is blodikold." Und er hat wieder so herzhaft gelacht. Hat er Klara etwa ein Kompliment gemacht und sie hat es nicht verstanden? Das wäre ihr unangenehm.

Eigentlich könnte sie es auch bequemer haben. Daheim. Ob Kopfwehtabletten reichen? Oder müssen es Schlaftabletten sein? Seit der Kündigung schläft sie schlecht. Die Frau in der Drogerie hat gesagt, das seien sicher die Wechseljahre und ihr Baldriantropfen verkauft. Zum Arzt will Klara nicht mehr. Jedenfalls nicht mehr zu diesem. Wie der sie einmal heruntekapitelt hat! Sie müsse unbedingt ihre Brüste röntgen lassen. Klara hat das einmal im Fernsehen gesehen. Da drücken sie einem die Brüste zusammen und quetschen sie in einen Apparat. Das will sie nicht. Der Arzt wurde hässig, sie sei verantwortungslos, er sei dann nicht schuld. Manchmal, in der Badewanne, betastet sie ihre Brüste.

Es würde sie erst jemand finden, wenn sie schon stinkt. Wie diese Fälle in der Zeitung. Dann tun alle so schockiert, das könnte ihnen nie passieren. Ja, aber Klara schon. Niemand wird sie vermissen, und sie wird da liegen, bis die Käfer kommen.

Im Fernsehen war einmal eine Frau, die in eine Lawine geraten war. Als sie gefunden wurde, war sie überhaupt nicht glücklich darüber. Tot sein sei schön, das wisse sie jetzt, sagte sie.

Klara hat auch keine Angst vor dem Tod. Nur vor dem Sterben. Wer weiss, wie das ist?

Wenn sie gerettet würde, würde sie es ganz sicher nicht beichten. Mit diesem jungen Pfarrer ist es nicht mehr dasselbe. Langsam weiss Klara nicht mehr, was sie überhaupt beichten soll. Dass sie sich allein fühlt und einsam?

„Aber dafür gibt es doch die Freitagnachmittage im Kirchgemeindesaal.", würde der junge Pfarrer wieder sagen und sie solle doch wieder einmal vorbeikommen.

Klara mag aber nicht mit diesen Frauen zusammen sein. Mit ihren violetten Haaren und den Deux Pièces, richtig aufgetakelt. Die meisten sind wenigstens verwitwet, denen ist nicht der Mann davongelaufen. Die wären auch bestimmt nicht so blöd gewesen wie Klara, die hätten sich gegen die Scheidung gewehrt. Und der alte Flückiger, der immer neben ihr sitzen und mit ihr tanzen will! Ein Glüschteler. Der ist doch über siebzig. Sie ist erst 54, bitte schön, und am Freitagnachmittag möchte sie lieber arbeiten als tanzen.

Der Nebelschleier über dem Wasser öffnet sich wieder und Klara sieht einen aufgeblähten Plastiksack und eine zerdrückte Aluminiumdose vorbei treiben. Nein, sie wird es der Polizei nicht so leicht machen. Bis die hier sind, hat längst einer ihre Tasche geklaut mit den zweihundert Franken darin. Sollen sie doch mit ihren weissen Handschuhen im Wasser danach suchen und herausfinden, wer sie ist. Dann interessiert sich wenigstens einmal jemand für sie.

Klara schliesst die Augen. Sie hebt die graue Tasche über das Geländer und lässt sie los. Sie verschwindet nach einem kurzen Plumps im Grau.

Jetzt muss ich, denkt sie.

Dann zieht sie erschrocken die Luft ein, als sie eine Stimme neben sich hört.

„Kann ich Ihnen helfen?"

Klara dreht sich um. Der Polizist lächelt unter einem dunklen Schnurrbart.

„Meine Tasche ist ins Wasser gefallen."

„Oh je." *Behutsames Annähern*, hat er in der psychologischen Schulung gelernt.

Klara blickt auf ihre dicken Stiefel. Wie lange hat er ihr zugesehen? Glaubt er ihr?

„Kommen Sie." Er legt ihr seine rechte Hand auf die Schulter. Er trägt lederne Handschuhe. „Wir gehen auf die Wache. Dort regeln wir das mit Ihrer Tasche. Es sind doch sicher Ausweispapiere drin. Wir haben auch guten Kaffee bei uns."

Klara nickt. Sie schaut noch immer nicht auf. Was weiss er?

„In einer Stunde endet meine Schicht. Vielleicht finden wir dann auch noch ein Schnäpschen."

Klara nickt. Schaut ihn an. Ahnt er etwas?

„Gegen die Kälte.", fügt er an. „Wie würde der Engländer jetzt sagen ‚It's blodikold'". Der Schnurrbart hebt sich wieder über einem Lächeln.

Blodikold. Jetzt lächelt auch Klara.

DER BANKNACHBAR

„Darf ich mich kurz zu Ihnen setzen?"

„Sicher" , sagt der Mann auf der grün gestrichenen Bank zögernd und beäugt Livia misstrauisch.

Es ist nicht nur das Absetzen des Rucksackes, das Livia sich erleichtert fühlen lässt. Sie ist vier Stunden gewandert und empfindet eine wohlige Müdigkeit. Als sie sich setzt und den Rucksack zwischen sich und den Mann stellt, scheint ihr, als sei dieser ein Stück weiter ans Ende der Bank gerückt, auf deren Rückenlehne der Verkehrsverein, in eingekerbten Lettern, den Ausruhenden einen schönen Aufenthalt wünscht.

Zwischen ihrem Rucksack und dem Mann, den Livia auf Mitte 50 schätzt, liegt eine Zeitung, dieselbe, die sie im Zug nur kurz überflogen und dann im Abteil liegen gelassen hat. Soll sich jemand anders an diesem schönen Sommertag mit Schreckensmeldungen auseinandersetzen. Livia hat genug davon. In Sibirien schmilzt der Permafrost, in Afghanistan wüten die Taliban und überall droht das Virus. Wo kann man noch hin? Wo ist man noch sicher? In einer Sonderbeilage, „Health and Beauty", bieten Experten Gesundheitstipps an:

- So entspannen Sie richtig!
- Kampf den Altersflecken!
- Starke Nägel in 24 Stunden!

Daneben Prognosen, Diagnosen und Analysen zu den Plänen des Virus.

„Schöner Mist, nicht wahr?", sagt der Mann, während Livia sich an ihrem Ende der Bank zurücklehnt und die Beine von sich streckt.

„Ja", ist Livia einverstanden. Etwas anderes erschwert ihr im Moment das Leben. Sie hätte Watte einpacken sollen oder ein Desinfektionsmittel. Das Heftpflaster allein hat nicht geholfen. Ihre linke Ferse hat sich am harten Leder der fast neuen Wanderschuhe gerieben und ist gerötet und schmerzt. Wenn's bloss keine grosse Blase mehr gibt, denkt Livia. Nicht so, wie letztes Mal. Gross und rund wie ein Zweifrankenstück war sie gewesen, die Blase, und sie hatte gewässert. Fast zwei Wochen lang hatte Livia nur Flip-Flops tragen können.

Livia bückt sich, öffnet den Schnürsenkel ihres linken Schuhs und zieht den Fuss vorsichtig daraus.

„Entschuldigen Sie, ich muss meinen Fuss verarzten. Präventiv." Sie schiebt das Hosenbein hoch. Als sie dabei schräg zu ihrem Banknachbarn hochschaut, hat dieser eine weisse Schnabelmaske im Gesicht.

„Sind Sie geimpft?", nuschelt es darunter hervor. Ups! *Die* Gewissensfrage! Übersetzt lautet sie: Bist du Freund oder Feind? Solidarischer Verbündeter oder ungläubiger Verräter? Was nach Livias Meinung relativ ist. Egal, welcher Seite man angehört, solidarisch ist man in jedem Fall.

Am besten gar nicht zu viel sagen. Livia bückt sich wieder, damit der Mann nicht sieht, wie sie ein Lächeln unterdrücken muss. Dann schiebt sie die Socke über die Ferse.

„Und Sie?", fragt sie anstelle einer Antwort.

„Natürlich bin ich geimpft!" Es klingt beinahe entrüstet. *Natürlich!*

„Ich will schliesslich reisen. Nur deshalb. Sonst wäre es mir egal. Schon letztes Jahr musste ich stornieren. Flug und Hotel und alles. Und diesen Frühling schon wieder. Auf die Malediven. Im Oktober wären wir gegangen. Jetzt wären wir schon wieder daheim. Ein Riesentheater, bis wir nur das Geld wieder zurückhatten. War gar nicht so einfach. Ich hatte alles geplant. Flug, Hotel, Taxi."

„Taxi?"

„Ja, vom Flughafen zum Hotel, weil..."

Livia kann nicht anders, sie fällt ihm ins Wort. „Sie haben sieben Monate im Voraus ein Taxi bestellt?"

„Ja sicher", nuschelt es, wieder in diesem Ton der leichten Empörung, die sich auch im Blick hinter der runden schwarzen Brille über dem weissen Schnabel spiegelt. „Ich wollte schliesslich sicher sein, dass das auch klappt, bei denen dort drüben weiss man ja nie."

„Aha."

Ein buchstäblich *vor*-sichtiger Mensch, denkt Livia. Und einer, der gerne redet. Trotz seiner Maskerade.

„Ich war ja einer der Ersten, die sich impfen liessen." Jetzt klingt Stolz mit, der Mann nickt zu seinen Worten. „Ich habe mich schon angemeldet, bevor es überhaupt Termine gab. Ich wollte ja sicher sein. Und dann habe ich den zweiten Termin auch gleich im Voraus gebucht. Und jetzt kann ich wieder überall hin. Über Weihnachten geht es wie immer ins Tirol."

„Hm."

Livia faltet ein Papiertaschentuch, hofft, der Mann werde keine Fragen mehr stellen. Doch er hat sich bereits in eigener Sache warm geredet.

Livia legt das gefaltete Papiertaschentuch auf das Heftpflaster an ihre Ferse und zieht die Socke wieder darüber.

Sie greift nach links, öffnet ihren Rucksack und entnimmt ihm die Thermoskanne. „Und jetzt ein Schluck Tee."

„Ich trinke nie Tee", verrät ihr der Mann.

„Aha. Ich jeden Tag. Prost."

Über ihren Köpfen pendelt die Seilbahn zum First hinauf. Das Paar, das mit zwei kleinen Kindern den Panoramaweg entlangkommt, bleibt stehen und folgt mit den Augen dem Arm des kleinen Jungen, der jauchzend zur schaukelnden Kabine hinauf zeigt.

Livia reisst eine Tüte Salzgebäck auf. Sie verzichtet darauf, dem Mann etwas davon anzubieten. Dazu müsste er ja seine Maske ablegen oder zumindest seinen Mund darunter freilegen.

Livia kennt einige solche besorgten Menschen. Ihr Partner hat es für gescheiter befunden, dass sie einander einige Zeit nicht sehen. „Bis das Gröbste vorbei ist." Livia sei schliesslich jeden Tag mit Menschen in Kontakt, im öffentlichen Verkehr und im Supermarkt, in dem sie arbeitet, und da wolle er als Geimpfter kein Risiko eingehen. Seine Logik hat sich Livia bis heute nicht erschlossen, trotzdem war sie einverstanden mit seinem Vorschlag. Mehr noch, sie hat in der Folge ganz auf Ruedis Gesellschaft verzichtet. Zwar war die Beziehung erst drei Jahre und sieben Monate alt gewesen; Livia vermisst ihn trotzdem manchmal. Er war ihr als ein rational denkender Mensch erschienen, sie hat die langen Gespräche mit ihm genossen. Ihre Geschwister haben Livia vergangene Weihnachten nicht eingeladen, obwohl alle Vier sich traditionell bei dieser Gelegenheit wenigstens einmal pro Jahr wiedersehen. Die Kinder seien jetzt aus dem Haus, da wolle man ‚kein grosses Theater' mehr machen, war Andreas Argument gewesen. Sie und ihr Mann verbrachten dann trotzdem zusammen mit Alex und seiner Frau einen lustigen Raclette Abend neben dem Tannenbaum, eine Information, die Livias Schwägerin während des Telefonates zum Jahreswechsel her-ausgerutscht war. Ebenfalls dabei gewesen war Livias Schwager, Renates Mann. Renate selber war natürlich daheim geblieben. Seit Monaten war sie kaum mehr ansprechbar gewesen, so sehr war sie von der Angst vor dem Virus beherrscht. Wie Livia inzwischen ebenfalls weiss, hat Renate ihre Wohnung seit 10

Monaten genau zweimal verlassen, um ihre zwei Injektionen zu bekommen und wagt kaum, die Fenster zu öffnen. „Wägem Erosol." Renate hat genug darüber im Fernsehen gehört und auch in der Zeitung viel darüber gelesen. Wenn Experten ihre Prognosen im Fernsehen darbieten, starrt Renate entsetzt auf den Bildschirm, statt weg zu zappen, wie Livia es sich angewöhnt hat, ihrem Seelenfrieden zuliebe. Ihr Mann und ihre Kinder hatten den Besuch bei einem Spezialisten vorgeschlagen, was Renate aber glattwegs ablehnte. Sie spinne schliesslich nicht.

Und sie? Ob sie jeden Tag mit dem Bus fahre, hatte Renate Livia gefragt.

„Ja, ich muss wohl."

„Aber dort trägst du eine Maske?"

„Muss ich wohl, ja."

„Aber wandern gehst du nicht mehr, oder?"

„Weshalb denn nicht? Klar gehe ich wandern. Aber ohne Maske." Der letzte Satz hatte Livia, wie sie sich beschämt selber eingestehen musste, Freude bereitet. Sie sah ihre Schwester förmlich zusammenzucken am anderen Ende der Leitung.

Dass ihre Schwester gar nicht so alleine auf weiter Flur steht, hat Livia erst heute wieder beobachtet. Im Wald oben war ihr ein Paar entgegengekommen, beide mit Maske über Nase und Mund. Oder der Mann heute Morgen, der, allein im Auto, an ihr vorbeifuhr mit einer dieser Schnabelmasken im Gesicht.

Zwei Freundinnen hat Livia an das Virus verloren. Die eine hat sich stillschweigend zurückgezogen, reagiert weder auf Livias Mails noch Anrufe. Das schmerzt sie nach all den schönen Momenten, Ausflügen und vor allem vertraulichen Gesprächen, die ihre langjährige Freundschaft begleitet haben. Auf die Gesellschaft der anderen Freundin, die sie bereits seit der Schulzeit kennt, verzichtet Livia ihrerseits freiwillig, nachdem diese Freundin sie klar und deutlich hat wissen lassen, was sie von Leuten wie Livia hält: „Egoisten! Ohne Verantwortungsgefühl gegenüber der Allgemeinheit." Auf den Punkt gebracht hat es schliesslich ihre Cousine, die forderte, Leute wie Livia sollte man erschiessen.

Der Mann hat weitergeredet, während Livia ihren Gedanken nachgehangen ist.

„...Nordsee ...", hört sie jetzt und klinkt sich wieder in seinen Redefluss ein.

„Immer im April. Aber zuerst nach Thailand. Immer im Februar. Das Hotel ist gebucht, dasselbe Zimmer wie immer. Dieselbe Aussicht wie immer. Man muss vorsichtig sein da unten, sonst weiss man nicht, was man bekommt. Gute Planung ist eben die halbe Miete." Jetzt kichert es unter dem weissen Schnabel.

„Struktur ist wichtig", sagt er. Livia nickte Zustimmung.

„Sie sind pensioniert?"

„Warum? Sehe ich so alt aus?" Scheint es Livia nur so im grellen Sonnenlicht, oder erbleicht der Mann wirklich?

„Nein, nein, nein!", beschwichtigt sie. „Ich dachte nur, weil Sie so viel reisen und so viele Termine haben. Wenn man arbeitet, dann ha... "

Der Mann lässt sie nicht ausreden. „Aber erst seit einem halben Jahr. Struktur und Planung sind eben wichtig. Gerade nach der Pensionierung. Das haben sie uns vor einem Jahr in einem Vortrag gesagt, in einem Pensionierungsvorbereitungskurs. Aber ich hatte schon früher immer klare Strukturen..."

Ohne Zweifel.

„... jeden Tag eine Stunde länger gearbeitet, das hat Überzeit gegeben."

„Aha."

„Ja. Ich habe übrigens nicht einmal den Bus verpasst und bin jeden Tag Punkt 6 Uhr 30 Uhr im Büro gewesen."

„Gratuliere. Um diese Zeit stehe ich erst auf."

„Dafür konnte ich am Nachmittag früher gehen."

Über ihren Köpfen pendelt erneut die Seilbahn. Ihnen gegenüber liegen die Kleine Scheidegg und der Männlichen in der Nachmittagssonne.

„Schön hier." Livia schliesst die Augen und fächert mit der inzwischen leeren Zellophantüte vor ihrem Gesicht. Es fühlt sich klebrig an, die schwere, schwüle Luft lässt ihr den Schweiss über den Rücken perlen.

„Ja, wir kommen immer am dritten Freitag im Oktober hierher. Meine Frau und ich."

„Ihre Frau ist auch hier?"

„Ja, sie wartet im Tea-Room unten. Sie kauft dort immer diese Hausspezialität. Für unsere Nachbarin, fürs Blumengiessen, wenn wir weg sind."

„Was sind denn Ihre nächsten Reispläne?"

„Eben, wie gesagt, Thailand im Februar, aber zuerst über die Festtage ins Tirol. Also, nur Weihnachten, Silvester verbringen wir immer mit Freunden, einmal bei ihnen, einmal bei uns.

Nächsten Monat gibt's noch die dritte Impfung. Damit es dann auch sicher klappt mit dem Tirol. Der Termin ist aber am 8. November. Sie sagen, umbuchen sei schwierig."

„Und das ist nicht gut?"

„Nein, das ist dieses Jahr ein Montag. Der zweite im Monat. Wissen Sie, am zweiten Montag im November gehen wir immer nach Rorschach und von dort mit dem Bähnlein nach Heiden rauf. Dort essen wir dann immer Wild."

„Sie und ihre Frau?"

„Ja, und Freunde, wir jassen immer am zweiten Montag des Monats und einmal im Jahr, eben im November, machen wir diesen Ausflug."

Nach Rorschach und Heiden zum Wildessen. Livia fragt nicht mehr, sie stellt fest.

Je länger er erzählt, desto mehr kommt es Livia vor, als verfolge sie eine Seifenoper. So viel Drama, das einem blühen kann, wenn man diesem nicht zuvorkommt.

„So, jetzt muss ich aber. Meine Frau wartet. Wir wollen immer spätestens um 19 Uhr daheim sein, wissen Sie."

Die Luft ist feuchter und schwerer geworden. Im Westen haben sich grosse graue Wolkenballen gebildet. Wind ist aufgekommen. Die Luft bereitet sich darauf vor, sich von der schweren Schwüle zu befreien.

Der Mann ist aufgestanden.

„Höchste Zeit. Vielleicht kommt heute noch etwas.", sagt er, zum Himmel hochblickend. „Auf Wiedersehen."

Hoffentlich nicht, denkt Livia und verknotet den Schnürsenkel ihres Schuhes.

Nach ein paar Schritten löst der Mann mit beiden Händen die Gummibändchen seiner Maske hinter den Ohren. Mit hochgezogenen Schultern und leicht gebeugt geht er den asphaltierten Weg hinunter. Er dreht sich noch einmal um und winkt Livia zu, bevor er beinahe von einem Mountainbiker gerammt wird.

Ein Glück, dass ich nicht immer Blasen bekomme, wenn ich wandern gehe. Livia lächelt und steckt dann die Thermosflasche zurück in den Rucksack.

DIE EINSPURIGE STRASSE

Der Kleinbus, in dem wir sassen, hatte drei Sitzbänke und bediente diese Strecke auf den Berg fünfmal am Tag. Sie wurde hauptsächlich von Ausflüglern und Wanderern benutzt, und eine Marktanalyse hatte ergeben, dass es zu wenige waren, um ein reguläres Postauto einzusetzen. Unsere Tour war die erste des Tages.

Der schätzungsweise 6-jährige Bub sass auf dem Schoss seiner Mutter und sang voller Inbrunst. Von der vorderen Sitzreihe drehten sich drei Mädchen zu uns nach hinten und stimmten in den Gesang ein. Dabei bewegten sich ihre Stimmen unüberhörbar näher an der Melodie entlang, als der Bub es tat. Dessen Gesicht nahm einen glückseligen Ausdruck an, bevor es sich verdüsterte und sich die Augen mit Tränen zu füllen begannen.

„Warum singst du dieses Lied denn ständig, wenn es dich so traurig macht?", fragte die Mutter lachend und schob den Buben von ihrem Schoss rechts neben sich ans Fenster.

„Dieses Lied bringt ihn ständig zum Heulen", erklärte sie an mich gewandt.

„Warum denn?"

„Weil der Mann am Schluss singt, dass die Frau ihn nicht gern hat. Deshalb ist er traurig", begründete der Bub an ihrer Stelle trotzig und zog Rotz hoch.

Die Mutter knuddelte ihn. „Ja, das ist traurig, aber es ist doch nur ein Lied."

„Soll ich es noch einmal singen?", fragte der Bub erwartungsvoll, und seine Augen hellten sich auf.

Auch die drei Mädchen auf der vorderen Bank stimmten wieder lauthals an.

‚Die einspurige Strasse' war der aktuelle Hit irgendeines aufstrebenden Schlagerstars.

Ich war beeindruckt, wie ein sehnsüchtiger Liedtext über eine unerreichbare Traumfrau einen Jungen derart berühren konnte. Er musste nicht nur sehr gut hingehört, sondern auch etwas gedacht haben dabei.

Er sei halt ein Sensibelchen, meinte die Mutter. Ihr schulterlanges Haar war von vielem Blondieren spröde und stumpf, an den Ansätzen wuchs es tiefschwarz nach. Er könne völlig in Geschichten versinken. Es gebe da ein Lied, in welchem ein Kind wegen Ungehorsams ohne Nachtessen ins Bett müsse. Der Bub sei beinahe panisch geworden. Ja, panisch, ein anderes Wort falle ihr dazu nicht ein, und er habe derart geweint, bis sie selber beinahe Zustände bekommen habe. „Das ist ungerecht und böse.", habe er geschluchzt. „Ohne Nachtessen ins Bett."

„Für ihn unvorstellbar, schauen Sie ihn sich doch an."

Ich warf einen Blick an ihrer ausladenden Brust vorbei nach rechts. Aus ihren Achselhöhlen stach mir ein säuerlicher Geruch scharf in die Nase. Der Bub war zu füllig für sein Alter, so viel konnte ich sehen. Der Bauch hing über den Hosenbund, seine Wangen schwabbelten, während er sang. Es kam mir vor, als hielte er die Melodie darin verborgen wie ein Hamster seinen Proviant.

Sie habe ihm hundertmal erklärt, dass es nur ein Lied sei, aber schliesslich habe sie die Kassette mit diesem Kinderlied dann weggeworfen.

Neben uns zogen grüne Wiesen vorbei, auf denen noch der Tau glänzte. Ein paar Nebelschwaden waberten hier und dort über hornlosen Kuhköpfen, doch die kleinen grauen Wolken über uns verzogen sich allmählich und gaben einen klaren hellblauen Himmel frei, aus dem Sonnenstrahlen wärmend zu fallen begannen.

„Dass du so früh am Morgen so singen magst", sagte ich zum Pausbäckigen, insgeheim froh, dass er jetzt ruhig war. Der geborene Sänger schien er nicht zu sein.

Er schaute nur kurz zu mir herüber.

„Und so schön noch dazu und alles auswendig."

In seinem Blick flackerte Stolz auf.

„Bestimmt wirst du einmal ein berühmter Sänger."

„Vielleicht.", klang es leise vom Fenster her.

„Ganz sicher!", bestätigte die Mutter.

Der Bus hielt. Der Fahrer, ein Mann mit dickem Schnauz über einem vollen Bart, stieg aus, dehnte sich, wohlige Laute von sich gebend. Dann steckte er sich einen Stumpen an, an dem er, am Heck des Buses lehnend, genüsslich saugte und paffte und ins Tal unter uns blickte.

Die drei Mädchen von der vorderen Sitzbank gingen mit ihrem Vater, der die Fahrt auf dem Beifahrersitz neben dem Chauffeur gesessen war, auf direktem Weg zum Bergrestaurant hinüber.

Die Mutter bückte sich, um dem Buben die Schuhe fester zu binden. Er war tatsächlich sehr füllig und hätte dies mit seinem Bauchumfang selber nur mit Mühe tun können.

„Wir machen eine Wanderung", klärte die Mutter mich auf. Das hatte ich eigentlich vermutet.

„Nicht sehr weit. Nur den Panoramarundweg." Auch das hatte ich vermutet. Besser als nichts, der Bub schien dringend Bewegung zu brauchen.

In die kühle Morgenluft mischte sich der Geruch von Kühen und feuchtem Gras. Die Mutter und ich wünschten einander einen schönen Tag. Ich ging hinüber zum Restaurant. In der Toilette traf ich auf zwei der drei Mädchen aus dem Bus. Sie standen kichernd neben dem Waschbecken. „Oooh meiiiin Gooooot!", rief die mit den Ringen in der Nase und hielt sich die rechte Hand vor den geöffneten Mund.

„Krass!", befand die andere, die mit hellgrün lackierten Nägeln über ihr Handy wischte. Während ich in der Kabine war, hörte ich sie noch immer tuscheln und kichern. Dann begann die eine ‚Die einspurige Strasse' zu pfeifen und sie verliessen den Raum. Wieder auf der Terrasse, bestellte ich einen Kaffee und sah die Mädchen mit Vater und Schwester mit weit ausholenden Schritten davonziehen. Ein paar Tische weiter sass sich ein Paar in Wanderkleidung wortlos gegenüber.

Ein schmaler Holzsteg führte über den Bach, der den See mit Wasser vom Berg speiste. Kurz danach bog der Weg links ab in den Wald hinein und führte über in den Boden eingelassene Holzbalken steil nach oben. Ich hievte mein Körpergewicht über insgesamt siebenundneunzig solcher im Abstand von 30 cm voneinander angebrachten Stufen und unzählige Wurzeln auf 1412 Meter über Meer, die ein Wegweiser auf der Alp auswies. Die auf der Wiese liegenden Kühe beobachteten mich aus stumpfen, gleichgültigen Augen. Über mir kreiste ein Bussard im mittlerweile wolkenlosen Frühlingshimmel. Schweiss lief über meinen Rücken und in meine Augen. Ich setzte mich auf einen Felsbrocken neben einer jungen Tanne und trocknete die beschlagene Sonnenbrille mit dem Zipfel meiner Wanderbluse.

Zu meinen Füssen setzte sich eine Hummel, gross und rund wie eine Haselnuss, auf ein Krokus. Lediglich ihr wackelndes Hinterteil war sichtbar, als sie ihren Kopf in den Blütenkelch steckte. Dann schüttelte sie dieses Hinterteil noch einmal heftig und flog zur nächsten Blume, dann zur übernächsten. An einer schien sie bloss zu riechen, denn sie hielt, darüber flatternd, nur kurz inne, und flog weiter.

Ich blickte über Baumkronen hinweg auf Bergkuppen in der Ferne. Der warme Waldboden duftete. Die Tannen dufteten. Die Blumen dufteten. Die Welt um mich herum bestand aus Duft. Und Stille. Und dem Klang von Kuhglocken. Drei Rehe preschten aus dem Unterholz und stürmten über die Wiese hinaus, ihre Schwänze auf- und ab hüpfende weisse Punkte. Ich blickte ihnen nach. Dann, urplötzlich, drängte sich ‚Die einspurige Strasse' in diese Stille.... *Straa-haa-ssee hinaus aus dem Glüü-hüü-hüück........... kein Wee-hee-heeg zurüü-hüü-hüück.*

Und das zu einem wimmernden Piano und klagenden Geigen. Es war wahrhaftig zum Heulen.

Als ich aufstand und weiterging, passten sich meine Schritte dem langsamen Rhythmus der einspurigen Strasse an.

Ich suchte nach einer Melodie, mit der ich diese leidige Strasse hätte ausblenden, überlisten, überspielen können. Ich fand keine. Ich suchte nach Titeln von Liedern. Solche kannte ich viele, doch dann wollte sich die Melodie dazu nicht einstellen. Immer nur diese blöde *Straa-haa-ssee*. Beim Anblick einiger blauer Veilchen schliesslich fand ich in ein Jodellied. Erleichtert blieb ich stehen und betrachtete die zarten Pflanzen, während ich sie besang. Eine Strophe lang, bis zwei Frauen um die Wegbiegung kamen, beide mit einem Strohhut auf dem hochroten Kopf. Ob ich wisse, wo es zum Restaurant gehe.

Dort hätte ich einen Wegweisen gesehen, erklärte ich und deutete mit dem Daumen meiner rechten Hand über meine rechte Schulter nach hinten.

Heiss sei es heute und dieser Aufstieg ja wirklich steil und ich pflichtete den Beiden bei.

Der kurze Wortwechsel hatte mich vollends aus der einspurigen Strasse hinausgeführt, hoffte ich. Trotzdem. Als die Frauen ausser Hörweite waren, besang ich die blauen Veilchen noch eine weitere Strophe lang. Zur Sicherheit.

Auch der Abstieg über einen schmalen Pfad führte über Wurzelstöcke und Holzbalken. Mein linkes Knie pulsierte.

Unterhalb des Waldes, am Ufer des Bergsees, befand sich eine Picknickstelle. Zwei vertraute Gestalten sassen an einem der drei Tische. Eine ebenso vertraute Stimme durchschnitt die Luft. ..... *kein Wee-hee-heeg zu-rüü-hüü-hüück.*

In der Feuerstelle glomm es vereinzelt rot zwischen grauer Asche.

„Wir haben Würste gebraten", sagte der Bub. „Jetzt haben wir aber keine mehr für Sie."

„Das macht nichts."

Mein Blick fiel auf die Pommes-Chips Tüte Grösse XXL und die 1.5 Literflasche Cola vor ihm auf dem Tisch. Es ging mich nichts an und ich wollte seiner Mutter auch nicht den Eindruck vermitteln, als ginge es mich etwas an.

Ich setzte mich den Beiden gegenüber an den Tisch. Mein linkes Knie schmerzte. Der Bub setzte erneut zu singen an.

„Er singt halt ständig", informierte die Mutter mich unnötigerweise.

„Seine Therapeutin sagt, dass er so die Welt um sich herum vergessen wolle. Eine Flucht, hat sie gesagt."

Ich schaute den Buben an. Dieser steckte sich gerade eine Handvoll Chips in den Mund, summte aber während des Kauens weiter und schaute auf das Wasser.

Wie ein Kind die Welt um es herum vergessen wollen kann, war mir unerklärlich.

„Und in der Schule?"

„Da geht er ja noch gar nicht hin, wir haben ihn zurückstellen lassen. Um ein Jahr. Er hat ja Mitte Juli Geburtstag, da ging das leicht, wegen der Jahrgänge, wissen Sie, und wegen der Zusammensetzung der Klassen."

Ich wartete auf eine passende Stelle in ihrem Redefluss, an der ich sie unterbrechen und den Beiden entkommen konnte. Allerdings vermutete ich, dass sie mit demselben Bus ins Tal zurückfahren würden wie ich.

„Dein Lied ist ein Ohrwurm."

Der Bub schaute mich kauend an. „Was ist das?"

„Ein Ohrwurm ist..., ähm, also, das Lied ist wie ein Wurm, der sich durch die Ohren ins Hirn wühlt und sich dort festkrallt und dann nonstop schreit.", setzte ich an, besann mich dann aber. Bei der Fantasie des Buben war das Resultat einer solchen Erklärung nicht absehbar. Es war wohl klüger, nicht allzu plastisch zu sein.

„Ein Ohrwurm ist ein Lied, das einem nicht mehr aus dem Kopf geht. Ich habe es die ganze Zeit gehört", begnügte ich mich zu sagen.

„Soll ich es noch einmal singen?", bot er an.

„Nein, nein, schon gut. Kennst du vielleicht noch ein anderes?"

Er legte die Stirn in Falten und richtete seinen Blick aus schmalen Schlitzen zwischen wulstigen Augenlidern und vollen Wangen hervor himmelwärts. Dann hellte sich sein Gesicht auf.

„Ich kann noch ‚W-Nuss vo Bümpliz'! Soll ich?"

„Ja, gut, dann sing ‚W-Nuss vo Bümpliz'".

Der Bub sang und seine Mutter redete.

Ich suchte nach einer Entschuldigung, um mich zu verabschieden, fand keine, liess meinen Blick wandern über den See, über die Berge dahinter.

„... zu schwer ist für sein Alter.... Intelligent... talentiert... böse."

Ich horchte auf. „Böse?"

„Aggressiv, sagt seine Therapeutin."

„Warum geht er denn zu einer Therapeutin?". Ich erachtete unser Verhältnis mittlerweile als vertrauensvoll genug, um meine Frage nicht unhöflich erscheinen zu lassen.

„Ja, weil er doch so aggressiv ist. Manchmal. Dabei ist er doch so ein Sensibelchen. Gell?" Sie strich dem Singenden über das dunkle Kraushaar. „Aber halt aggressiv."

Das sähe man ihm gar nicht an, überlegte ich, während er Töne aus seinen Hamsterbacken hervorholte.

„Man sieht es ihm gar nicht an", erklärte die Mutter, als hätte sie meine Gedanken erraten. „Aber daheim. Wenn es nicht nach seinem Kopf geht. Dann brüllt er und boxt. Aber seine Therapeutin meint, das gehöre zusammen, sensibel und aggressiv und er müsse lernen, das zu kontrollieren."

Ich fragte mich, weshalb die Mutter mir all das erzählte. Leidensdruck wahrscheinlich. Sie hatte wahrscheinlich sonst niemanden, der ihr zuhörte. Dies mochte erklären, weshalb ihre Worte wie ein Wasserfall daherkamen. Schnell und ungebrochen. „Ständig brüllen und boxen."

„Das ist nicht gut.", pflichtete ich ihr bei.

„Das sagt seine Therapeutin auch."

Ich blickte auf den singenden Buben. *Wie nes Füür i der Nacht, wie ne Rose im Schnee.*

„...Arschloch. ...Nichtsnutz. Kommt nur nach Hause, wenn er Hunger hat. Das ist komischerweise nur so alle zwei Wochen."

Sie sprach jetzt wohl von ihrem Mann und dem Vater des Buben. Ich versuchte vergeblich, einen Blick auf ihren linken Ringfinger zu erhaschen.

Über uns liess sich ein Milan von der Luft tragen.

„Wandern hilft aber sicher etwas. Wegen der frischen Luft und der Bewegung und so", versuchte ich, das Thema zu wechseln.

„Ja, und Musik." Die Hand der Mutter steckte nun in der noch zu einem Viertel vollen Pommes-Chips Tüte. Unter ihren Armen, auch nicht die dünnsten übrigens, glänzten tellergrosse Schweissflecken.

Ob er ein Instrument spiele, erkundigte ich mich.

Der Bub trommelte den Rhythmus der W-Nuss auf den Tisch, etwas zu schnell, wie mir schien.

„Seine Therapeutin meint Schlagzeugunterricht, aber wo soll er das üben? Im Wohnzimmer?" Die Mutter lachte, ungläubig darüber, wie jemand auf die Idee kommen konnte, man könne in einem Wohnzimmer Schlagzeug üben. Ich nickte verständnisvoll, machte dazu einen angemessenen Laut.

„...etwas Melodisches. Aber Klavier können wir uns nicht leisten und für Gitarre sind seine Finger zu dick, schauen Sie sich die doch mal an."

Das musste ich nicht mehr.

„Blockflöte?"

„Da kann er ja nicht singen dazu." Sie schaute mich aus grossen Augen an.

„Stimmt."

„Warum singt er denn nicht einfach? Das tut er doch gerne und es gibt doch Kinderchöre."

„Ja, sobald er dann in die Schule geht."

„Also."

„Ja."

„Blockflöte ist doof und langweilig!", nutzte der Bub die kurze Pause, während welcher die Mutter in eine erkaltete Bratwurst biss, von welcher schwarze Fetzchen wie aus dünnem Papier hingen. Sie starrte in den Wald schräg über uns. Die Worte des Buben holten ihren Blick an den Tisch zurück.

„Seine Therapeutin meint, das wäre gut fürs Atmen und die Aggression."

„Singen?"

„Nein, Blockflöte."

„Ja, das macht Sinn. Singen aber auch."

„Soll ich Ihnen noch etwas vorsingen?" Der Bub war aufgestanden und zur Feuerstelle gegangen, wo er mit einem Stecken in der Glut stocherte. Erst jetzt bemerkte ich seine Leibesfülle richtig. Er erinnerte mich an einen Pinguin in Wanderschuhen, wie er so dastand mit vom Körper abstehenden Armen und mich erwartungsvoll anblickte.

„Nein!", wollte ich schreien. „Ja, doch, sing noch etwas", sagte ich.

„Was sagt denn seine Therapeutin zum Singen?"

Die Mutter rückte auf der Bank hin und her, suchte eine neue Sitzposition, dann schob sie sich die Sonnenbrille in die Stirn und setzte zu einem erneuten Redefluss an. Jetzt bemerkte ich den glühenden Pickel direkt unter ihrem linken Auge. In der Feuerstelle glomm die Asche noch immer und der Bub sang wieder von der einspurigen Strasse und der unerreichbaren Frau. Hoffentlich weint er nicht wieder, hoffte ich. Seine Stimme hatte durchaus etwas Weiches, Empfindsames. Sein Makel war bloss, dass er die Töne nicht traf.

„Sein Vater singt in einer Rockband. In welcher, sage ich jetzt nicht."

Das war mir auch lieber, ich wollte nicht in noch mehr Familiengeheimnisse eingeweiht werden.

Neben uns kräuselte sich das Wasser im See, ein Entenpaar liess sich darauf treiben, hackte nur ab und zu mit dem

Schnabel in das grünliche Nass. Wie die Beiden wohl auf diese Höhe gekommen waren, ging es mir durch den Kopf.

„Welchen Bus nehmen Sie?", fragte die Mutter, ohne weiter auf den singenden Vater einzugehen und schob nach, sie nähmen, im Fall, den um 17 Uhr 13. „Das habe ich auch so geplant", antwortete ich wahrheitsgetreu und bereute sogleich.

Ich stand auf, massierte kurz mein linkes Knie. Es fühlte sich heiss an und pochte. „Ich gehe schon mal, ich brauche noch einen Kaffee." Ich erschrak ob meiner Worte. Was, wenn ich die Mutter nun auf eine Idee gebracht hatte?

„Also, adieu, bis später."

„Adieu."

Ich hörte den Buben noch singen, jetzt wieder von der W-Nuss, als ich dem Ufer des Sees entlang zum Restaurant ging. Ein Radio schmetterte die letzten Takte eines Schottisch auf die sonnenbeschienene Terrasse. An einem Tisch spielten vier Männer Karten, an einem anderen sass eine lesende Frau.

Der Schottisch endete und als nächstes erklangen ein wimmerndes Piano und klagende Geigen. ... *kein Wee-hee-heeg zu-rüü-hüü-hüück.*

Auf dem Parkplatz lehnte der Fahrer an seinem leeren Bus, saugte an seinem Stumpen und starrte auf sein Handy. 15 Uhr 11. Noch zwei Minuten bis zur Abfahrt. Ich stieg ein. Ohne Koffein in der Blutbahn, dafür mit einem Wurm im Ohr.

Anmerkung: Das Lied ‚Die einspurige Strasse' ist eine Erfindung der Autorin und existiert nicht, im Gegensatz natürlich zu der ‚W-Nuss vo Bümpliz', dem Hit von Patent Ochsner.

DER KASTANIENBAUM

Vor Herrn Arnolds Schlafzimmerfenster steht ein Kastanienbaum. Von seinem Bett aus kann er direkt in dessen Krone schauen. Nicht so wie Frau Fischli vom unteren Stock, die sich mit dem Stamm zufriedengeben muss, oder der junge Mann, der über ihm wohnt, der gerade noch die obersten paar Äste zu sehen bekommt. Diesen Mann hat Herr Arnold während der letzten vier Jahre genau drei Mal gesehen, einmal im Lift, einmal am Briefkasten und einmal im Veloabstellraum.

Er hört ihn aber jeden Morgen um exakt 6 Uhr 10 aufstehen, über sich ein paar Mal hin- und hergehen, pinkeln, die WC-Spülung betätigen. Um 6 Uhr 40 dann, jeden Morgen, ausser Samstag und Sonntag, hört er, wie oben die Wohnungstür geöffnet, dann geschlossen wird, er hört den Lift hinauf- und dann wieder hinunter sirren, nachdem die Türe sich zischend geöffnet und geschlossen hat. Das geht aber zackzack da oben, hat Herr Arnold schon oft gedacht, in zwanzig Minuten aufstehen, frühstücken und was es sonst noch so braucht vor einem Arbeitstag.

Aus diesem Jufelalter ist er selber heraus. Früher ist er ja auch ständig gerannt: zum Bus und zur Arbeit. Seit er pensioniert ist, nimmt er es ruhiger. Oft bleibt er bis acht Uhr liegen, sein Schlaf ist unruhiger geworden.

Herr Arnold lebt seit sechs Jahren in dieser zweieinhalb Zimmer Wohnung am Stadtrand und seit sechs Jahren beobachtet er nun schon den Jahreslauf an diesem Baum vor seinem Schlafzimmerfenster. Er hat ihn gern bekommen, er fühlt sich mit ihm verbunden durch lange Nächte, in denen er nicht schlafen kann und stattdessen auf die Silhouette blickt, die die Strassenlaterne an den Fensterscheiben spiegelt. Der Baum gehört zu Herrn Arnolds Leben. Mitunter hat er das Gefühl, dieser rede mit ihm, wenn seine Blätter rauschen, wenn sie aufseufzen, weil schwere Sommerregentropfen darauf fallen oder wenn im Herbst seine braunen Früchte hart auf den Asphalt poltern und ein paar Zentimeter weit rollen.

Im Winter möchte Herr Arnold den Baum manchmal gerne etwas schütteln, ihn von dem zentimeterhoch liegenden schweren Schnee befreien. Er könnte ja brechen unter der weissen Masse. Schon oft hat er mit dem Besenstiel hinübergelangt und damit leicht an die Äste geschlagen, so dass der Schnee hinunterfiel und sie mit einem zischenden Geräusch in die Höhe in ihre ursprüngliche Lage spickten.

Er hat diesen Baum wachsen sehen in den sechs Jahren. Nächsten Frühling werde ich ihn berühren können, dachte Herr Arnold im zweiten Jahr, als er den Ast betrachtete, der genau auf sein Fenster hinwuchs. Es fehlte noch eine halbe Armeslänge, bis er die Spitze mit seiner ausgestreckten Hand würde berühren können. Und dann, eines Tages, als Herr Arnold von der Arbeit kam, war etwas anders als sonst. Es dauerte einen Moment, bis er realisierte, dass der Ast weg war! Weg! An seiner Stelle klaffte ein grosses Rund, etwa 15 Zentimeter im Durchmesser. Weiss glänzte die Wunde in der braunen Rinde und Herrn Arnold kam sie vor wie ein zum Schrei geöffneter Mund. Zwei Tage später begegnete er den Männern, die eine Strasse weiter auf Bäumen sassen und deren Kronen stutzen. Er schaute ihnen eine Weile zu und fragte dann den einen, ob ihm das nicht weh tue, Äste von Bäumen zu schneiden.

„Ja, manchmal schon,", antwortete der Mann im Baum, „aber wir tun es ja nicht, um sie zu verletzen, sondern um ihr Wachstum zu unterstützen."

Trotzdem, er könnte das nicht, erwiderte Herr Arnold.

„Keine Sorge, wir machen das sorgfältig und schneiden nichts Überflüssiges ab. Ein Bauer tötet die Tiere, die er gern hat, ja auch, oder?"

Auch wenn der Vergleich Herrn Arnolds Meinung nach etwas hinkte, so spürte er aus den Worten des Mannes doch einen ebensolchen Respekt heraus, wie er ihn selber gegenüber seinem Kastanienbaum hegt. Trotzdem ...

Er verabschiedete sich und wünschte den Männern einen unfallfreien Tag.

Mit der Zeit hat die Wunde am Baum sich gelb verfärbt, dann grünlich - jetzt ist sie braun, als wolle sie ihre Blösse und ihren Schmerz tarnen.

Im Frühling fasziniert es Herrn Arnold zu verfolgen, wie sich am Baum grüne Knospen bilden, klein wie Erbsen, und welche dann, kaum, dass man ihnen folgen kann, heranwachsen und dann so gross werden wie Zwetschgen, bis sie eines Morgens, *schwupps*, ihre grünen grossflächigen Blätter ausbreiten wie Segel, bereit, in den Sommer hinauszuwachsen und jeden Sonnenstrahl zu erhaschen.

Herr Arnold lässt die Storen selten herunter, er fühlt sich vom Baum und seinem dichten Blätterwerk geschützt vor neugierigen Nachbarn. Obwohl, er schätzt die Leute vom Nebenhaus nicht so ein, als würden sie ihn beobachten oder in sein Schlafzimmer stieren.

Dort liegt er dann oft wach und blickt in das Geäst und in die Figuren, welche es im Gegenlicht der Strassenlaterne bevölkern. Den Kopf eines Elches kann er dort manchmal sehen, einmal hat ein Pudel darin gewedelt, dann war da einmal ein Elefant, der seinen Rüssel gegen das Nachbarhaus hin streckte.

Herr Arnold hat das schon als Kind getan, als er in kurzen Hosen und von der Grossmutter gestrickten Kniesocken hinter dem Haus auf der Wiese lag und in die Wolken schaute, sich Geschichten ausdachte zu den Figuren, die sich dort oben formierten.

Nicht, dass Herr Arnold sehr tiefschürfenden Fragen nachhängen würde, das nicht, aber er ist schon etwas philosophischer geworden mit zunehmendem Alter. Das hat er selber festgestellt. So macht er sich zum Beispiel im Herbst Gedanken und stellt Vergleiche an mit seiner eigenen Existenz, wenn die grossen Blätter der Kastanie sich braun zu verfärben beginnen, sich kringelnd vertrocknen und schliesslich zu Boden taumeln. Er denkt dann darüber nach, wie sein eigener Körper auch langsam welk wird. Wie er sich mehr und mehr dürr und klapprig anfühlt.

Letzte Nacht ist besonders schlimm gewesen. Er hat über Stunden wach gelegen, hat nachgedacht, darüber, dass es an der Zeit wäre, einmal einen letzten Willen zu verfassen, für alle Fälle. Derartiges Herzklopfen hat er noch selten gehabt. Ihm war, als ob sein Puls rase, dabei war er bloss auf 68 Schlägen, wie Herr Arnold, mit dem Mittelfinger auf die Halsschlagader drückend und mit dem Blick auf den Sekundenzeiger des Weckers, gleich mehrere Male nachgezählt hat.

Es wird der Föhn sein, hat er sich beruhigt. Ihm war tatsächlich, als habe er im Radio etwas Derartiges gehört. Oder die zwei blöden Zigaretten, zu denen er sich am Stammtisch von Köbi hat überreden lassen. Bald würde der Mann von oben aufstehen und sich für das Tagwerk rüsten.

Herr Arnold muss eingenickt sein, denn er erwacht um 6 Uhr 15 aus leichtem Schlummer und hört: Nichts! Da fällt ihm auf, dass er das morgendliche Ritual der Schritte, des langanhaltenden Wasserstrahls in die WC-Schüssel, dann die Spülung, schon eine Weile nicht mehr gehört hat. Ebenso wenig wie das Sirren des Liftes um zwanzig vor sieben.

Ein komischer Mann müsse das sein. So unsichtbar wie ein Gespenst, das über ihm hin- und her geht und manchmal die Musik so laut stellt, dass der Bass die Wand hinunterzukollern droht und Herrn Arnold den Fernseher aufdrehen muss.

Der hat den Kastanienbaum sicher noch nicht einmal bemerkt, hat Herr Arnold schon oft gedacht. Der weiss sicher nicht einmal, wie ein Kastanienbaum aussieht, so, wie der durch die Gegend rennt und sich die Ohren volldröhnt!

Um zehn Uhr geht Herr Arnold zum Briefkasten - und steht dem Mann von oben gegenüber. Dessen linker Arm liegt auf einem mit blauem Plastik gepolsterten Gestell, das er vor seiner Brust trägt. Es erinnert Herrn Arnold an diesen tragbaren Kiosk, den der Eisverkäufer bei den Zirkusbesuchen seiner Kindheit jeweils vor sich hertrug.

„Guten Tag, was ist denn mit Ihnen passiert?"
„Arbeitsunfall!"
„Oha! Dann haben Sie also eine gefährliche Arbeit? "
„Wie man's nimmt. Ich bin bei der Stadtgärtnerei, bei der Baumpflege. Von einem solchen da" – er zeigt auf Herrn Arnolds Kastanienbaum – „bin ich vor einer Woche beim Schneiden gestürzt. Schlüsselbein- und Speichenbruch!"

Herr Arnold konzentriert sich auf das Öffnen seines Briefkastens. Nachdem er ein paar Worte des Mitgefühls ausgedrückt und dem Mann die Türe aufgehalten hat, steigt er, mit dem Gratisanzeiger unter dem Arm, die Treppe hinauf zu seiner Wohnung.

AM KIOSK

Frau Brenzikofer steht vor dem Kiosk neben der Migros. Prinz Charles betrügt Camilla in seinem schottischen Wochenendhaus mit der Köchin. Das glaubt Frau Brenzikofer keine Se-kunde. Für Charles legt sie ihre Hand ins Feuer, sie kennt seine Geschichte und sie ist sich hundertprozentig sicher, dass er Camilla mehr liebt als diese andere, wie hiess sie noch mal, diesen Darling of the Hearts. Unter dem Bild eines berühmten Sängers prangt es rot auf weiss: 'Krebsdrama! Jetzt muss er ganz stark sein! Seite 6.' Auf dieser Seite 6 erfährt man, dass der Ex-Schwiegersohn der portugiesischen Putzfrau des berühmten Sängers mit Verdacht auf Hirntumor ins Spital eingeliefert worden sei.

„Ja, ja", sagt Frau Brenzikofer zur Kioskfrau, „Die Reichen und Schönen haben halt auch so ihre Sorgen."

Die Kioskfrau nickt und gibt zu bedenken, dass die, die dieses Zeug schreiben, ja auch von etwas leben müssen.

Frau Brenzikofer kauft schliesslich das Heftli mit der Stephanie von Monaco auf der Titelseite. Sie findet diese sympathischer als ihre Schwester. All diese untreuen Männer, die ihr schon das Herz gebrochen haben. Diese Stephanie kann einem leid tun.

„Denen geht es halt auch nicht besser als unsereinem", meint die Kioskfrau.

„Ja." Frau Brenzikofer findet das beruhigend, obwohl es ihr ja eigentlich gut geht. In ihrem Leben gibt es keinen untreuen Mann und keine Krankheitsdramen. Ihr Mann ist bei der Bahn gewesen, Rangierarbeiter. Eine sichere Stelle mit sicherer Pension bis zum Lebensende. Nein, sogar darüber hinaus. Darum ist Frau Brenzikofer heute froh. Wenn nur diese Schuldgefühle nicht wären, die sie manchmal plagen. Die einzige Aufregung in ihrem Leben ist jede Woche der Waschtag. Die Jugoslawin vom 4. Stock, fünf Goofen und ständig, *stääändig* am Waschen. Ist sie eigentlich die Einzige, die sich darüber aufregt, hat sich Frau Brenzikofer schon oft gefragt. Immerhin hat die Verwaltung jetzt einen Zettel an die Waschküchentüre gehängt, man habe sich an den Waschplan zu halten, Waschen sei nur bis zweiundzwanzig Uhr erlaubt, am Sonntag überhaupt nicht, und der Trockenraum sei bis neun Uhr am Folgetag zu räumen.

Der junge Mann von gegenüber bringt seine Wäsche der Mutter. Frau Schwegler von oben wäscht immer nur am Montagabend eine Maschine. Man fragt sich, ob die nicht mehr Wäsche hat.

Frau Brenzikofer ist jetzt 62 und lässt sich beileibe nicht mehr alles gefallen. Das war einmal. Heute stellt sie sich auf die Hinterbeine, wenn es nötig ist.

Gestern hat so ein Tüpfi angerufen von einem Meinungsforschungsinstitut. Frau Brenzikofer hatte nicht den Hauch einer Chance zu sagen, dass sie kein Interesse hat. Schliesslich hat sie aufgehängt, das Geschwätz abgeklemmt.

Frau Brenzikofers Tochter ist nach Deutschland gezogen, ist verheiratet an der Ostsee und ihr Sohn lebt im Bündnerland. So weit weg. Sie hat ja, wegen Hansruedis Beruf, Rabatt bei den SBB, kann vergünstigt reisen, aber sie tut es nicht so oft, wie sie eigentlich möchte, und der Sohn kommt ja nur noch an Weihnachten vorbei. Eine Freundin hat er noch immer nicht. Er geht immer nur mit seinem Kollegen in die Ferien und in den Ausgang. Aber nein, Frau Brenzikofer glaubt nicht, dass sich ihr Sohn nicht für Frauen interessiert. Er sucht halt noch die Richtige.

Auf Seite 8 im Heftli mit der Stephanie auf dem Titelbild zeigen Fotos, wie eine Schauspielerin ihre demenzkranke Mutter im Heim besucht. Frau Brenzikofer hat manchmal auch Angst davor zu verblöden. Alzheimer zu bekommen. Jedes Mal, wenn sie diese Kopfschmerzen hat, dass Punkte vor ihren Augen tanzen. Oder einen Hirnschlag. Die Symptome sind auf Seite 31 beschrieben.

Ein Hirnschlag, wenn sie sich zu sehr aufregt, zum Beispiel. Ihr Mann hat das nie ernst genommen, wenn sie davon reden wollte. Aber die Kioskfrau versteht sie. Diese kennt zwei Frauen, die an einer Hirnblutung gestorben sind und einen Mann, der seit zehn Jahren halbseitig gelähmt in einem Pflegeheim vereinsamt und nie Besuch bekommt.

Ja, die Angst wühlt in Frau Brenzikofer, jeden Tag, und sie nimmt sich vor, sich nicht mehr aufzuregen. Das ist auch nicht gut für den Blutdruck und wegen der Zwetschge im 4. Stock riskiert Frau Brenzikofer keine Krankheit.

„Also", sagt die Kioskfrau. „Das mit Ihrem Mann ist ja wirklich kaum zu glauben. Ich muss ständig daran denken."

„Danke." Frau Brenzikofer bemüht sich um einen betrübten Gesichtsausdruck. „Ist auch schon wieder zwei Monate her. Die Zeit fliegt ja nur so."

„Sogar der *Blick* hat darüber berichtet." In der Stimme der Kioskfrau schwingt Bewunderung mit. „Was hat die Polizei denn gesagt?"

„Ein Unfall."

„Ach?"

Eine ganz dumme Geschichte war das gewesen. Frau Brenzikofer hatte Hansruedi endlich, *endlich,* dazu bringen können, auf der Unterseite von Frau Schweglers Balkon einen Haken zu montieren, damit sie, Frau Brenzikofer, dort eine Blumenschale mit Hängepetunien anbringen konnte. Bisher hatte die Pflanze auf einem Tabourettli gestanden, aber jetzt, im Sommer, wollte sich Frau Brenzikofer selber auf dieses setzen und den Abend auf dem Balkon geniessen und den Vögeln zuschauen, wie sie zwischen den Ästen der Birke verschwanden, dort ein Zetermordio veranstalteten und dann wieder wegflogen. So war Hansruedi auf das Tabourettli gestiegen.

„Halt mich am Gürtel fest, damit mir nicht schwindlig wird." Ein typischer Hansruedisatz. Ohne Logik. Es wird dir so oder so schwindlig, auch wenn ich dich am Gürtel festhalte, dachte Frau Brenzikofer, sagte aber nichts. Wozu auch? Hansruedi hatte für Sprache überhaupt kein Gefühl. Sie hingegen hatte in Deutsch immer gute Noten gehabt in der Schule, es war ihr Lieblingsfach gewesen. Die Sätze ihres Mannes taten ihr manchmal richtiggehend weh in den Ohren. Als ein Arbeitskollege starb, bot er dessen Frau sein 'aufrechtes Beileid' an. Frau Brenzikofer war neben ihm zusammengezuckt, doch die Witwe schien seinen Patzer in ihrem Schmerz nicht zu bemerken.

Ihr Vater hatte Frau Brenzikofer vor vierzig Jahren gewarnt. „Wer nichts ist und wer nichts kann, der geht zur Post oder zur Bahn." Ihr Vater! Eine Geschichte für sich. Ein Besserwisser, der alle ausser sich selber für blöd hielt. Je mehr der Vater stichelte und schnödete, desto unbedingter wollte Frau Brenzikofer ihren Hansruedi, den die Mutter „einfach einen Herzigen" fand. Ja, Hansruedi war zwar kein Gelehrter, aber ein guter Handwerker, und so einen im Haus zu haben könne nicht schaden, meinte die Mutter. Wie war Frau Brenzikofer verliebt gewesen in seine grossen braunen Augen, in seine Behäbigkeit. 'Nume nid g'schprängt!' war sein Lieblingsspruch. Nach all den Jahren jedoch hatte dieser sich abgenutzt. Frau

Brenzikofer konnte ihn nicht mehr hören. Auch romantisch war Hansruedi gewesen, auf seine Art, damals, und ein stattlicher, gut aussehender Mann. Seine Arme und Beine waren muskulös gewesen, sein Körper drahtig und wendig. Auch Frau Brenzikofer war damals eine kleine Schönheit gewesen mit dunklen Locken und durchaus weiblichen Formen. Zwar waren ihre Brüste nie gross gewesen, das hatte sie einst bedauert. Heute ist sie aber froh darüber, denn sie baumeln ihr nun nicht wie überreife Feigen über den Bauch.

Ja, Frau Brenzikofer war nicht nur verliebt gewesen, sondern hin und weg von diesem ersten Mann, den sie an sich herangelassen hatte. Wie ein grosser Bub war er ihr manchmal vorgekommen, damals, als sie beide 20 waren und er seine Ausbildung auf dem Güterbahnhof abschloss. Sie selber hätte nach der Verkäuferinnenlehre gerne weiterhin gearbeitet, doch dann kamen die Kinder, der Haushalt und überhaupt. „Ich verdiene genug, meine Frau muss sicher nicht arbeiten!". Richtig gepoltert hatte Hansruedi.

Doch der grosse Bub von damals war auch in vierzig Jahren nicht zum Mann geworden. Oder zu einem, wie Frau Brenzikofer sich einen solchen vorstellte. Einer, der mutige Entscheide fällt, statt sich mit einem Feierabendbier vor dem Fernseher zufrieden zu geben. Nie hätte sie es laut ausgesprochen, aber Hansruedi ging ihr über die Jahrzehnte immer mehr auf die Nerven. Manchmal fragte sie sich, wie es wohl ohne ihn wäre. Sie wäre auf jeden Fall freier. Wenn sie wegfahren wollte, hiess es: „Ich bin den ganzen Tag am Bahnhof und von Zügen umgeben. In meiner Freizeit will ich keinen von denen sehen." Stattdessen werkelte und schreinerte er im Kellerabteil unten, wo er sich eine kleine Werkstatt eingerichtet hatte. Und so hockten sie daheim und Frau Brenzikofer stillte ihre Sehnsüchte mit Büchern und nahm mit Illustrierten am Leben der Reichen und Schönen teil.

„Gib mir noch einmal schnell die Bohrmaschine.", sagte er an jenem Tag von seinem Tabourettli herunter. Frau Brenzikofer bückte sich, und die Idee formte sich in Sekundenschnelle: Sie musste nur seinen Gürtel loslassen und eine kleine Bewegung mit ihrem linken Ellenbogen machen.

Hansruedi Brenzikofer stürzte, überrascht wie von so vielem in seinem Leben, ohne einen Laut über das Geländer, den Haken, den er ins Loch an der Unterseite von Frau Schweglers Balkon hatte anbringen wollen, noch immer in der Hand.

Frau Donizetti in der Erdgeschosswohnung schrie dafür umso lauter, als Hansruedi durch die Drähte ihres Stewi hindurch auf die Betonplatten ihres Gartenvorplatzes plumpste. „Frau Benzikof, Frau Benzikof, ihre Ma ische gheie abe!"

Mann fällt am Samstag von Balkon! Tot!, stand im *Blick*. Erst beim Lesen wurde allerdings klar, dass es sich um ein vergangenes, kein bevorstehendes oder regelmässiges Ereignis handelte, wie die Schlagzeile vermuten liess.

Heute prangt auf dem gelben *Blick* Plakat: *Jackpot nicht geknackt!*

„Das wär's jetzt, nicht wahr?", fragt Frau Brenzikofer. Ja, sie solle doch auch ein Los kaufen, schlägt die Kioskfrau vor. „Über sieben Millionen sind drin. Stellen Sie sich das vor!"

Damit könnte man schon etwas anfangen, zum Beispiel verreisen, und zwar weiter als ins Bündnerland oder an die Ostsee. Frau Brenzikofer setzt sechs Kreuzchen, die Geburtstage ihrer Kinder und das heutige Datum, dann verabschiedet sie sich.

Sie muss noch Wäsche aufhängen.

KONJUNKTIV II

Es ist still im Zimmer. Ausnahmsweise. Sie sitzt vorne am Pult und tippt so schnell, wie er es nie im Leben tun könnte. Vor ihm beugen sich Köpfe über Texte. Beni und Peter hängen mit ihren ganzen Oberkörpern über der Tischplatte. Streber, denkt Pascal.

Er grunzt. Er fragt sich, was die wohl alle schreiben. Er auf jeden Fall hat keine Ahnung, womit er die Lücken auf dem Papier vor sich füllen soll. „Ergänze mit der richtigen Form des Konjunktivs II", lautet die Aufgabe. Hä? Konjunktiv. Komparativ. Konjugation. Konjunktion. Was ist jetzt genau was? Interessiert das überhaupt jemanden? Er hat heute früh im Schulbus noch einmal in sein Heft geschaut. Konjunktion, nein, Konjunktiv. *Möglichkeitsform* stand dort als Titel. Aber sonst?

Der Konjunktiv II von ‚wissen'? Er grunzt noch einmal. Dann wiehert er.

Sie schaut nur kurz auf, wirft ihm unter zusammengezogenen Brauen einen fragenden Blick zu. Er hätte eigentlich schon erwartet, dass sie etwas sagt. Schimpft, oder so. Stattdessen wendet sie sich wieder ihrer Tastatur zu.

Er knurrt. Beni in der Fensterreihe dreht seinen Kopf und blickt über seine rechte Schulter zu ihm nach hinten und grinst.

Pascal knurrt wieder. Je mehr er knurrt, desto grösser spürt er den Klumpen in seinem Bauch werden. Warum reagiert sie nicht?

Er streckt seine rechte Hand in die Höhe. Sie sieht ihn nicht. Er schüttelt laut keuchend seinen aufgestreckten Arm. Als sie endlich aufblickt, schüttelt sie nur den Kopf und legt einen Zeigefinger auf ihre Lippen.

Er hebt seine Schultern und beide Arme mit nach oben gerichteten Handflächen und zieht dabei beide Mundwinkel nach unten. Will ihr klar machen, dass er nicht versteht.

Sie tippt weiter.

Er ergreift sein Blatt, steht auf und geht zwischen den Bänken hindurch nach vorn. Links und rechts drehen sich Köpfe. Einige Mädchen blicken ihn verärgert an, einige Jungs grinsen, doch alle widmen sich sofort wieder ihren Aufgaben. Verräter, denkt er.

Als er neben ihr am Pult steht, schaut sie kurz auf.

„Ich habe eine Frage.", sagt er laut. „Was ist Konjunktiv II?" Lautes Gelächter schallt ihm in den Rücken.

„Psst, Pascal, das ist ein Test."

„Sie müssen mir das noch einmal erklären!"

„Psst. Nein. Es war deine Aufgabe, das auf heute zu repetieren.", flüstert sie. Dann signalisiert sie ihm mit einer Handbewegung, zurück an seinen Platz zu gehen.

„Aber ich habe keine Ahnung, was ich schreiben soll!" Die halbe Klasse lacht wieder. Freut sich schon auf eine neue Nummer von ihm. Pascal ist aber nicht nach Show zumute, er hat wirklich keine Ahnung, was der Konjunktiv II ist. Oder diese blöde Möglichkeitsform.

„Da!" Er knallt das Blatt vor sie auf das Pult und geht zu seinem Platz zurück. Spielt es überhaupt noch eine Rolle? Seine Noten sind eh schon im Keller, daran lässt sich in den paar Wochen bis zum Sommer nichts mehr ändern. Er hat versucht, mit ihr darüber zu reden, hat sie gefragt, ob sie nicht vielleicht ein wenig, na ja, Notenkosmetik und so. Wegen der Stellensuche und so. Es hat ihm bloss einen weiteren Vortrag eingebrockt von wegen Konsequenzen tragen, respektvollen Verhaltens, Pflichten und Regeln.

Unter dem Fenster fährt der Schulhausabwart auf seinem Rasenmäher vorbei. Der Duft von frisch geschnittenem Gras weht ins Zimmer.

Pascal sitzt wieder auf seinem Stuhl und grunzt.

Er wiehert.

Er miaut.

Beni schaut wieder über seine rechte Schulter. Diesmal grinst er nicht nur. Er zwinkert ihm auch zu.

Karl von vorne rechts dreht sich kurz um und streckt den Daumen seiner rechten Hand hoch.

Von ihr wieder nur ein mahnender Blick. Er findet das völlig daneben. Völlig unfair, wie sie ihn behandelt. Unfair, wie sie ihn hasst. Er mag sie nämlich. Sie erinnert ihn an seine Gross-mutter. Irgendwie. Natürlich ist sie jünger als seine Grossmutter, aber die Haare sind ähnlich und wie ihr Mundwinkel sich hebt, bevor sie zu lachen beginnt. Eigentlich lacht sie oft. Und das ist es, was er an ihr am meisten mag. Wie sie lacht.

Aber jetzt lacht sie nicht. Sie schüttelt nur den Kopf.

Wenn er nach der Pause zurückkommen und nach Zigarettenrauch riechen würde, ja, dann. Dann würde sie etwas sagen. Aber, und das weiss er auch, stände ein Besuch bei der Schulleitung an und dann würde er es in den Vogesen donnern hören. Und das übliche Gelafer wieder von Konsequenzen tragen und so. Nein, das braucht er nicht schon wieder. Und überhaupt: Welche Konsequenzen trägt denn der Alex? Der redet auch immer drein und macht die Hausaufgaben nie. Da sagt sie doch auch nichts, oder?

Er lässt sich vom Stuhl gleiten und robbt zwischen den Pulten hindurch zur Türe. Der Klumpen in seinem Bauch wird grösser, drängt ihn, Laute von sich zu geben. Wenn er nicht grunzt und wiehert und miaut, dann erstickt er.

Er versteht nicht. Er kann sich nicht erklären, warum sie nichts tut. Eigentlich hasst sie nämlich nichts so sehr, wie wenn man während einer Prüfung stört.

Er robbt durchs Zimmer. Zwischen Beinen und Rucksäcken hindurch. Zum Fenster. Zur Türe. Brigitte stösst ihm ihren Fuss in die Rippen. „Arsch!", zischt sie.

Einer nach dem anderen steht jetzt auf, geht an ihm vorbei oder steigt über ihn hinweg, wie Alex, und alle legen ihre Blätter bei ihr auf das Pult. Er ist beim Waschbecken neben der Türe angelangt, liegt auf dem Bauch und ist sich nicht sicher, ob sie ihn überhaupt bemerkt hat.

Sie schaltet den Beamer an und projiziert das vorhin Getippte an die Wand. ‚Auftrag bis Freitag: Klassenlektüre lesen bis Seite 132.' Die anderen zücken ihre Hausaufgabenbüchlein und schreiben. Streber, denkt er. Feige Arschkriecher.

Es läutet. Er liegt noch immer auf dem Boden. Rappelt sich jetzt auf. Alex schlägt ihm beim Vorbeigehen auf die Schulter. „Hey, cool gemacht, Mann." Er blickt zu ihr hin – sie noch immer nicht zu ihm. Sie redet mit Barbara. Lacht.

Er verlässt das Zimmer und folgt den anderen nicht auf den Pausenhof. Er geht ins Knaben WC. In der hintersten Kabine dreht er den Schlüssel. Er schlägt seinen Kopf gegen die Wand. Einmal, zweimal, dreimal. Immer wieder und wieder und wieder.

Dann kommen die Tränen.

DIE LINDE

Die Nacht liegt still da; still und blau. Sterne kleben an ihr wie Wasserperlen auf matter Haut. Die runden Hügel mit den kräftigen Linden obenauf und die Bergkette gegen Süden stehen als schwarze Silhouetten vom Himmel ab.

Nach der scharfen Rechtskurve zieht sich die Strasse gerade hin, als führe sie in ein tiefes dunkles Geheimnis hinein. Helen nimmt den rechten Fuss vom Gaspedal, tritt mit dem linken auf die Kupplung und schaltet in den vierten Gang. Schnurrend beruhigt sich der Motor, und Helen spürt, wie der Wagen unter ihr wieder anzieht und kräftiger vorwärts drängt. Der Vierte reicht. Tempo 50. Helen hat es nicht eilig. Ihr Ziel sind ihre Gedanken: Langsam hineinkommen, ankommen, wo sie diese wieder spüren kann. Versuchen, diese wieder auf den Wellenlängen ihrer Gefühle einzupendeln und sich darauf treiben zu lassen, bis Klarheit und Antworten kommen.

Helen blendet ab, bis der entgegenkommende Wagen vorbei ist. Ein anderer Reisender in der Dunkelheit. Zwei Uhr morgens. Helen fährt gerne in der Nacht. Durch die Nacht. Wenn nur die Lichter ihres Wagens den Weg weisen, eine Scheinwerferlänge weit hinein in die Zukunft.Er hat nicht verstehen können, wie jemand Angst vor dem Autofahren haben kann. „Es ist mehr als Angst.", hat Helen gesagt. „Ich traue es mir nicht zu."

Er hat ihr die Angst genommen. Nicht nur die vor dem Autofahren. Das Wissen, dass es ihn gibt, hat ihr die Kraft gegeben, keine Angst mehr haben zu müssen. Auch keine unerklärlichen Ängste mehr, etwa davor, die Zeit könnte plötzlich stehenbleiben und sie im Nichts stehen lassen, ohne Richtung und ohne Weisung. Ihre neue Kraft ist aus der Liebe zu ihm gekommen, aus der Liebe, die sie durchströmt und erfüllt und schmerzt und besitzt, als Erstes am Morgen, als Letztes am Abend. Wegen ihm kann sie jetzt in den Spiegel schauen und sich gestehen, dass sie sich mag.

Das Leben hat durch ihn seine Bedrohlichkeit verloren.

Er hat immer wissen wollen, wie es wohl auf der anderen Seite des Sternenhimmels aussieht. Seine Traurigkeit hat seine Gedanken getrieben, so, wie die Liebe zu ihm die ihren beruhigt hat. Seine Traurigkeit hat Helen aufgerissen. Ihre Umarmungen, die verbalen und körperlichen Berührungen, haben Helen zusammengehalten. Und sie hat diese Berührungen und sein Gesicht im Geiste so oft wiedererweckt, bis sie aus der Erinnerung weggesehen sind wie Märchenfiguren aus ihren perforierten Umrissen gedrückt. Weggesehen, aber nicht weggefühlt.

„Es ist so schwer, wenn das Herz nicht lacht.", hat er gesagt. Helen hat danach den Himmel nach einem besonderen Stern abgesucht und ihn ihm geschenkt.

Er hat es nie gewusst.

Und er hat nie gewusst um das reissende Vermissen, wenn er nicht da war und die Ruhe, wenn er da war.

„Die Sehnsucht nach dem Tod ist Lebensqualität, wenn man sie auszuhalten vermag.", hat Helen einmal irgendwo gelesen. Doch sie hat es zugelassen, dass er sich in der Einsamkeit und seine Angst in der Flasche ertränkte. Sie hat es gewusst. Und er hat gekämpft.

Helen hat gewusst um seine einsame Verzweiflung und die vielen Tage, an denen er sich sagte, morgen werde er beginnen, recht zu leben. Recht leben, so, dass es gut für ihn wäre. Und der Morgen kam, immer wieder, und mit ihm seine Dämonen, drängend und lockend. 'Wozu recht leben? Vergiss, dass du es nicht kannst, und stoss' drauf an.'

Er hätte wissen sollen, dass sie wusste.

Jemand hätte ihm sagen müssen, dass er erst auf Grund laufen muss, bevor er sehen kann. Jemand hätte ihm sagen müssen, dass seine einsame Verlorenheit irgendwohin führt, wenn seine Träume mit dem Wahrwerden auf sich warten liessen, wenn seine Alpträume morgens in den Laken klebten wie schwarzer Schweiss. Erst wer die Hölle kennt, lebt zufrieden.

Es gibt eine Liebe, die ist wie Laub im Herbst. Eine Liebe, die stirbt und vergeht mit dem ersten Schnee. Und es gibt eine Liebe, die wie ein Baum in fester Erde zwischen Felsen wurzelt. Eine Liebe, die die Wurzeln des anderen hält. Und Helen hat ihn in die Arme genommen, so fest sie konnte, damit er sein Herz wieder schlagen hören konnte. Aber er hat nicht gewusst, dass ihre Wurzeln auch für ihn gereicht hätten. Stattdessen ertränkte er sich in der Gleichgültigkeit und seine Dämonen in der Flasche.

Vorgestern Morgen haben sie ihn gefunden. Unter einer alten, kräftigen Linde, auf einem sanften Moränenhügel im Emmental hat er sich aufgemacht nachzusehen, wie es auf der anderen Seite des Sternenhimmels aussieht.

Helen bremst ab und fährt rechts in einen Feldweg hinein. Langsam lässt sie den Wagen über die Steine nach oben rollen und parkiert ihn vor einem Viehgatter. In die Wärme ihrer Daunenjacke gehüllt steigt sie in der kühlen Herbstnacht die

Anhöhe hinauf und setzt sich unter die Linde. Die über Jahrzehnte gesammelte Kraft des Baumes legt sich flirrend um sie.

Helen schaut zum Sternenhimmel hinauf und möchte wissen, welchen Stern er sich ausgesucht hätte.

Wenn sie ihn gefragt hätte.

DER NUSSGIPFEL

Die Julisonne brennt auf die Betonplatten der Terrasse hinter der Rehaklinik. Ich schäle meine Füsse aus den Sandalen und strecke sie in die Sonne, während ich mich zurücklehne in den Schatten des über mir liegenden Balkons. Neben meinen Beinen hüpfen zwei Spatzen umher, picken Krümel vom Boden. Ich greife nach der Kaffeetasse auf dem kleinen runden Tisch neben mir und bin kurz verunsichert. Lag da nicht eben noch ein Schokokeks auf dem Unterteller? Ich könnte schwören, dass da eben noch ein Keks lag. Schliesslich habe ich mich eben noch bei der Frau an der Kasse der Cafeteria dafür bedankt. Das sei aber keiner von Kambly, habe ich gesagt. „Nein.", hat sie lachend erwidert, „Der ist vom Wernli, aber die haben auch alle gernli." Ich habe mit ihr gelacht. Und nun ist er weg, der Schokokeks, und ich blicke wieder zu Boden. Einer der beiden Vögel hat sich das süsse Ding unbemerkt geschnappt. Ich staune, es war bestimmt fast so schwer wie das Körpergewicht des Diebes. Und jetzt muss er es laut zeternd gegen einen Rivalen verteidigen.

„Wohl bekomm's.", sage ich und muss lachen. Dann leere ich den halben Inhalt des Crèmedöschens in meine Tasse. Weit unter mir liegt der türkisfarbene See, darauf, als weisse Punkte bloss, drei Segelboote. Die Bergketten dahinter tragen Schnee.

Am Tisch rechts von mir sitzt ein älteres Paar. Der graue Trainingsanzug lässt das fahle Gesicht des Mannes noch fahler erscheinen. Die Frau dagegen ist wie aus dem Ei gepellt: Die rot lackierten Nägel leuchten geradezu, ebenso die roten Lippen. Es scheint, als trage sie einen schwarzen Helm. Die dunklen, halblangen Haare sind glänzend zurechtgesprayt, so dass je-des Haar genau dort liegt, wo es liegen soll. Sie trägt eine hellblaue Caprihose und eine weisse Bluse. Sie spricht in ihr Handy, während der Mann gedankenverloren auf seine nackten Füsse blickt, die in Adiletten stecken.

Der Ätti fehle ihr überall im Haus, sagt sie. Aber er möge nicht essen, es werde ihm schon beim Gedanken daran übel. Er sei schon spindeldürr und habe jetzt einen grauen Bart (Ich würde das nach einem kurzen Seitenblick eher Stoppeln nennen, aber es ist alles eine Frage der Wahrnehmung.) und könne erst nächste Woche zum Coiffeur. Ja, ja, sie besuche ihn jeden Tag. Mit dem Auto. Das sei halt schon eine längere Strecke als bis zum Spital, wo er noch vor einer Woche lag. Die Erika komme morgen mit den Kindern auch vorbei.

„Ja, gut, ich gebe ihn dir", sagt sie schliesslich und reicht das Handy dem Mann in Grau über den Tisch.

„Sie sind heute Morgen aus London zurückgekommen, alles ist gut gegangen, keine Turbulenzen, sie kommen vorbei, sobald sie können", informiert sie ihn dabei auf Berndeutsch.

„Ja, grüss dich", haucht der Mann in Basler Dialekt ins Handy. „Ja, ja, alles gut gegangen. Nein, ich mag nicht essen, es graut mir richtig davor. Es kommt mir alles wieder hoch. Ja, schön, ich freue mich. Ja, sie kommen morgen mit den Kindern vorbei. Ja, ich habe es gehört. Keine Turbulenzen? Gut. Also dann, tschau, ich freue mich."

Er reicht der Frau das Handy über den Tisch.

„Du musst essen", ermahnt sie ihn.

„Ich mag nicht", sagt er.

„Du musst dich halt zwingen."

„Ja."
„Möchtest du einen Nussgipfel?"
„Nein, danke."
„Oder eine kalte Ovo?"
„Nein, danke."
„Die letzte Wohnung im Haus rechts ist jetzt auch vermietet."
„Aha."
„Ein junges Paar."
„ …"
„Denen im Erdgeschoss regnet es ständig auf die Steinplatten vor dem Wohnzimmer."
„Aha."
„Dort möchte ich nicht wohnen."
„Ich auch nicht."
„Möchtest du jetzt einen Nussgipfel?"
„Nein, danke."
„Du musst dich halt zum Essen zwingen. Dann gewöhnt sich der Körper daran."

Die Frau steht auf. Ich ziehe meine Füsse aus der Sonnenwärme, um sie in ihren Ballerinas vorbeizulassen.

Nach fünf Minuten kommt sie zurück. Auf einem Tablett steht ein Dessertteller mit einem Nussgipfel.

„Sie hatten nur noch diesen einen."

Der Mann knabbert daran. Die beiden Spatzen hüpfen zu ihm hinüber und bringen sich zwischen seinen Adiletten in Wartestellung.

„Ist er gut?", erkundigt sich die Frau.
„Ja, danke."
„Siehst du, es geht doch, du musst den Körper halt ans Essen gewöhnen."

Dann, nach einer Pause:

„Weisst du noch? Letzte Woche kam ich jeden Tag ins Spital und blieb drei Stunden."

„Hm."

„Das hing an einem seidenen Faden, das hätte schlimm ausgehen können.", sagt sie, wie mir scheint lauter als vorher. Ich schaue zu den Beiden hin und begegne dabei dem Blick der Frau. Sie lächelt. Ich lächle zurück.

„Er war letzte Woche noch im Spital, sehr kritisch" ruft sie zu mir herüber.

„Oh je", sage ich.

„Aber jetzt geht's bergauf."

„Schön."

„Ja, das hing an einem seidenen Faden", erklärt sie und wendet sich wieder dem Mann zu.

„Möchtest du jetzt noch eine Ovo dazu?"

„Nein, danke."

Die Frau steht auf. Ich zieh meine Füsse aus der Sonnenwärme zurück, um sie vorbeizulassen.

Als sie zurückkommt, trägt sie auf einem Tablett eine Tasse kalter Ovomaltine und einen Schokoladengipfel.

„Ich mag aber nicht." Die Stimme des Mannes klingt zaghafter als vorher. Auch scheint sie mir dünner.

„Den Gipfel kannst du ja dann aufs Zimmer nehmen, wenn du ihn jetzt nicht magst."

„Hm."

„Schmeckt dir die Ovo?"

„Ja, danke."

„Siehst du, die tut dir gut."

Ich labe mein Gemüt an der Aussicht, lade meine inneren Batterien auf unter einem wolkenlosen hellblauen Himmel, den ein Bayer ‚bayerisch' nennen würde.

„Hast du ausgetrunken?"

„Ja."

„Gut. Dann gehen wir jetzt aufs Zimmer. Du musst dich vor dem Abendessen noch etwas ausruhen."

Die Beiden stehen auf. Ich ziehe meine Füsse aus der Sonnenwärme zurück, um sie vorbeizulassen. Die Frau geht voran, zielgerichtet und bestimmt trägt sie das Tablett mit der leeren Ovotasse und dem in eine Serviette gewickelten Schokoladengipfel. Der Mann schlurft in seinen Adiletten hinter ihr her. Beide grüssen mich lächelnd.

Die Sonne hat sich nach Westen verzogen und ist von der Terrasse aus nicht mehr zu sehen. Die beiden Spatzen haben sich an den Krümeln des Nussgipfels offenbar satt gefressen. Auf-geplustert und träge hocken sie auf dem Rand der Geraniumschale.

ROLAND

Roland versuchte, den Geruch von Putzmitteln und Schmierseife nicht zu bemerken. Süsslich-sauer mischte er sich ins Grau-in-Grau des Schulhauses, fasste alles Müssen und Nicht-Dürfen in sich, Rolands ganzen Frust und seine Ängste.

Im Erdgeschoss standen unter den Fenstern, Schreibfläche auf Schreibfläche aufeinandergestellt, acht Mal zwei Schülerpulte. Sie würden abgeholt und gegen neue getauscht werden. Roland war einer der Schüler gewesen, die sie am Vortrag noch auf Hochglanz hatten putzen müssen: alle Bleistiftzeichnungen wegradieren, mit Seife die letzten Tintenspuren wegputzen, eingekerbte Herzchen und Fäkalwörter abschmirgeln, alte, harte Kaugummis von der Unterseite spachteln. Geflucht hatten sie. Warum sie? Es sei nicht ihr Gekritzel und es seien auch nicht ihre Kaugummis.

Aber es war Strafmittwochnachmittag gewesen: Beschäftigungsprogramm für Querschläger, für solche, die es kaum mehr hielt in der Schule, die sich auflehnten gegen Lehrer, welche forderten, statt zu verstehen, und welche einem durch schlechte Noten einen Strich durch die Zukunft machten.

„Wo willst du denn noch hin?"
Der Schulhausabwart, die Hände in den Taschen seines blauen Kittels, klirrend der Schlüsselbund in seinen Fingern.

Geht dich doch nichts an, du Wixer, dachte Roland und murmelte:

„Ich suche Frau Peter."

„Warum, die Schule ist schon seit über einer Stunde aus, das wüsstest du, wenn du öfter hier auftauchen würdest! Heute Morgen haben sie dich auch gesucht." Donnernd, die Stimme des Mächtigen. Auch der mochte ihn nicht, war Roland überzeugt.

Zögernd näherte er sich dem Klassenzimmer. Frau Peter blieb jeden Tag mindestens eine Stunde länger. Das wusste er, schliesslich hatte er schon oft genug nachgesessen.

Nein, am Morgen war er nicht in der Schule gewesen. Hatte wieder geschwänzt, und ausgerechnet den Englischunterricht bei Frau Peter, die ein wenig aussah wie Sandra Bullock, Roland aber tödlich nervte mit ihren Aufgaben und Lernkontrollen, ihrem Pünktlichkeitstick. Er habe verschlafen, stand in seiner Entschuldigung im Briefformat A4. Roland hatte den Brief in seinem Computer gespeichert, musste jeweils nur noch den Namen der jeweiligen Lehrperson und das Datum anpassen. Die Unterschrift seiner Mutter schaffte er mittlerweile aus dem Eff-Eff.

In Wahrheit hatte er wieder eine Panik gehabt, gerade beim Aufwachen, aber wie konnte er das jemandem erklären? Diese Enge, dieses Gefühl, welches aus seinem Magen hinaufkroch oder preschte, je nachdem, bis in seinen Hals. Drückte, würgte, bis Roland kaum mehr atmen konnte, ein Kribbeln kalt seinen Körper durchzog, er rennen wollte, falls er nicht vorher ohnmächtig würde.

Als er es einmal erwähnt hatte, bei Lehrer Schmidli, dem Religionslehrer, hatte dieser nur gemeint, das komme halt davon, er habe wohl wieder gekifft. Ja, hatte er, aber die Panik kam auch, wenn er nicht rauchte. Zudem - rauchen tat er ja gar nicht richtig, er war noch am Üben. Noch schaffte er es nicht, einen ganzen Zug zu inhalieren und in seiner Lunge zu behalten, aber er arbeitete daran, jeden Tag in seinem Zimmer, über sich ein Poster von Jimi Hendrix und der segelnden Möwe Jonathan. Jeden Tag ging es ein wenig besser, blieb der Rauch ein wenig länger in ihm hängen.

Roland war zusammengezuckt ob der Antwort von Lehrer Schmidli. Er hatte dabei gespürt, wie in ihm laut krachend das Kartenhaus zusammenstürzte, das er sich vorsichtig erbaut hatte aus keimendem Vertrauen.

Nein, sie mochten ihn nicht an der Schule. Er sei frech, sagten sie, er maule, sei faul, solle sich endlich zusammenreissen, wenn er eine Lehrstelle finden wolle, und eine solche brauche er schon bald, sonst könne er es vergessen.

Welches ‚es'?

Sie verstanden ihn nicht. Wie könnte er ihnen diese Angst mitteilen, die ihn machte, wie er war? Die ihn befiel, wenn er an den kommenden Tag dachte, an die Zukunft, und er sich fest-klammern wollte. An jemandem. An etwas. Wie Sandra Bullock sich am Lenkrad des Busses.

Roland war seit fünf Wochen fünfzehn. Seine Wangenknochen standen hoch im sommersprossigen, schmalen Gesicht, und die blonde, stets ungekämmte, kecke Strubelfrisur vermochte nicht über die Traurigkeit in seinen braunen Augen hinwegzutäuschen. Seine Rippen zeichneten sich ab unter weisser Haut. Darauf tief, rot und eiternd, die Wunden, die er sich mit Zigaretten zufügte. Immer dann, wenn er sich nicht mehr spüren konnte, wenn er seinem Schmerz eine Form geben, ihn verlagern musste, laut schreien wollte. Roland suchte nach Erklärungen. Weshalb er in der Schule war. Im Leben. Er versuchte, Antworten zu finden auf Fragen, ohne zu wissen, wo er suchen sollte, ohne welche zu finden. Manchmal schrieb er. Kurze Texte, Gedichte, die nicht reimten. Wenn er eine

Band hätte, ja, dann, dann könnte er etwas daraus machen. Aber so?

Roland hatte keinen Freund, keine Freundin, bloss Kumpels, und die erwarteten ständig irgendwelche Sachen von ihm. Beweise seines Mutes. Er hielt ja schliesslich den Schulhausrekord im Schwänzen und im Nachsitzen, stand im Ruf, am besten flegeln, am frechsten widersprechen zu können.

Im Frühling war er mit aufs Eisfeld gegangen, mit Oski und Luki. Weshalb, wusste er später nicht mehr zu sagen; er hatte sich auch kaum halten können auf den schmalen, wackligen Kufen, war zweimal hingeknallt, der Länge nach auf den Rücken. Lara und Rebekka aus der Parallelklasse waren auch da gewesen, und er hatte sich geniert. Lara, Hand in Hand mit Rebekka Runde um Runde drehend. Lara und Rebekka kichernd am Ring stehend, während er sich aufrappelte, den Schmerz unterdrückte, sich nichts anmerken liess.

Danach waren sie in einen chinesischen Imbiss gegangen. Alle Fünf. Roland musste seine Stürze wettmachen, zeigen, dass er sich nicht unterkriegen liess.

„Gibt's hier auch Hamburger oder so?" fragte er die kleine Frau mit den dunklen Stirnfransen hinter dem Tresen in herablassendem Tonfall.

„Ach, nur solchen Chinesenscheiss." Cool sollte es klingen, doch es kam nicht leicht über seine Lippen. Oski, Luki, Rebekka und Lara hatten gelacht. Immerhin. Die Chinesin hatte ihn nicht verstanden, glaubte er. Dafür sprach eine alte Tussi, mindestens vierzig war die, ihn an.

Wo er denn Anstand gelernt habe?

Gehe sie doch einen Scheissdreck an.

Oder lesen und denken? Hamburger gebe es kaum in einem chinesischen Imbiss, oder?

„Blöde Kuh!", murmelte Roland, ging zur Türe hinaus, die anderen ihm nach.

Er hatte Herzklopfen gehabt, aber Luki hatte ihm auf der Strasse auf die Schulter geklopft.

„Hey, cool, Mann!"

Nein, Roland sah nicht ein, weshalb er da war. Mit Kumpels, die keine Freunde waren, mit dieser Mutter, die nachts Behinderte pflegte und tagsüber schlafen musste und sowieso meistens bei irgendeinem Freund übernachtete. Niemand, der ihn morgens weckte. Weil manchmal, da schwänzte er nicht, da verschlief er wirklich.

Englisch war nicht Rolands Lieblingsfach. Er hatte überhaupt kein Lieblingsfach, er wollte einfach nur in Ruhe gelassen werden. Eigentlich mochte er Frau Peter ja, aber es war doch nicht normal, dass sie ihn ständig behandelte, als hätte er keine Rechte und Wörtchentests machte, bei denen er Null Chance hatte. Konnte die sich vorstellen, wie es ist, wenn man keine Lehrstelle hat? Da vergeht einem die Lust aufs Wörtchenbüffeln.

Was soll's? Who cares? In sieben Wochen würde er draussen sein. Schulabgänger.

Vor ein paar Wochen war er bei der Regionalen Arbeitsvermittlungsstelle gewesen, zum Abklärungsgespräch für das SOS-Programm: Schüler ohne Stelle.

Was er denn tun möchte? Welcher Beruf ihn denn interessieren würde?

„Architekt."

Aha, ja. Aber da brauche er Sekundarschule und dann ein Studium.

„Ich weiss. Oder Maler, Flachmaler." Er hatte sich klein gefühlt neben seiner Mutter, vis à vis dieser Beraterin in gestärkter, weisser Bluse.

Ob er eine Schnupperlehre habe machen können.

„Ja, drei Tage lang. Bei einem Maler. In der Stadt."

Ob es ihm gefallen habe, ob er sich um die Lehrstelle beworben habe?

„Nein, der Typ ..." Die Beraterin hob die Augenbrauen.

„... ähm, der Chef sagte, er melde sich."

Und, ob er das getan habe?

„Nö!"

Ob er, Roland, sich denn wieder gemeldet habe bei diesem Schnupperlehrmeister. Schriftlich beworben?

„Nö."

Der vorwurfsvolle Blick seiner Mutter. „Siehst du, ich habe dir doch gesagt, du sollest ..."

Nichts hatte sie gesagt, das war es ja gerade. Nicht einmal erkundigt hatte sie sich, bis der Klassenlehrer nachgefragt hatte. Sie habe gedacht, das würde automatisch gehen, das würden sie in der Schule machen.

Wenn er gekonnt hätte, hätte er sich seiner Mutter in jenem Büro an den Hals geworfen, hätte geheult, sie gebeten, ihm zu helfen. Er hatte die Schmerzen wieder gespürt, tief in sich innen, ein Kribbeln in der Brust, ein Spannen. Als wäre er in eine Schraubzwinge gedrückt, hatte er seinen Atem knapp werden und die Angst kommen gespürt.

Wovor?

Vor dem, was vor ihm lag, was noch kam.

„Tja." Die Lippen und die Nase der Beraterin kräuselten sich, als sie mit Daumen und Zeigefinger der rechten Hand den Rand des Glases fasste und die Brille auf ihre Nase zurückschob. Dann müsse er jetzt noch den Test machen und bei der Gemeinde einen AHV-Schein bestellen. Der Test sei am Nachmittag, um halb zwei.

Seine Mutter war mit ihm im Tea-Room gegenüber essen gegangen. Toast Hawaii für sie, Pommes mit Ketchup für ihn. Danach war sie nach Hause gefahren, er kenne ja den Weg, sei gross genug, und sie wünsche ihm viel Glück beim Test, er solle sich anstrengen.

Roland spürte sein Herz bis in die Schläfen pochen, als er die Aufgaben sah. Zehn Seiten. Konditional, verbale Wortketten, Plusquamperfekt, Passiv, Präpositionen. Davon hatte er noch nie gehört, war er überzeugt.

Dann ein kurzer Aufsatz, 200 Wörter. Wie er sich in zehn Jahren sehe. Die sieben anderen Jugendlichen, vier Jungs, drei Mädchen, die mit ihm im Zimmer 221 des RAV sassen, waren über ihre Blätter gebeugt. Es war nicht zu erkennen, ob die es checkten oder ebenso ratlos waren wie er.

Geht doch die einen Scheiss an, dachte er und schrieb: 'In zehn Jahren bin ich längst tot, dann kommt es nicht mehr darauf an.'

Dann aber, als er hatte aufstehen und hinausgehen wollen, sich aber nicht recht getraute, hatte es wie von selbst zu schreiben begonnen. Es schrieb, wie er in zehn Jahren vielleicht doch nicht tot sein würde, wie er vielmehr einen Range Rover mit Vierrad-Antrieb haben würde, ein Haus auf dem Land und eine liebe Frau. Wie er trotz allem, trotz Realschule und frechem Maul, ohne Vater aber mit nachgeholter Matura, doch noch Architekt geworden sein würde, gute Ideen haben, coole Häuser bauen und viel Kohle auf dem Konto haben würde. Nach London würde er gehen, Englisch lernen, international einsteigen. Und eben, eine liebe Frau würde er haben. Fünf

Seiten hatten sich gefüllt mit seinen Träumen und Wünschen. Fünf Seiten im Indikativ Präsens, als wäre das, was er sich erträumte, bereits Wirklichkeit. Der Aufseher hatte Roland fragend angeschaut, als er die mit grosser Schrift beschriebenen Seiten und den leeren Grammatikbogen vor ihn auf das Pult gelegt und als Erster den Raum verlassen hatte.

Das mit dem Auto, das war ihm nicht recht; nachträglich, wenn er darüber nachdachte.

„He, Rölu, das kannst du dir nicht gefallen lassen", hatten sich Oski, Luki und Xävu empört über den Brief, den Frau Peter an Rolands Mutter geschrieben hatte, Sanktionen androhend, den Besuch beim Rektor.

„Dieser Tussi musst du es zeigen!" Und Oski hatte eine Idee gehabt, die alle gut gefunden hatten. Ganz einfach. Roland müsse nur am Auto der Peter vorbeigehen, ganz cool, mit dem Hausschlüssel über den Lack fahren, dabei etwas drücken. Wer könne ihm schon etwas beweisen? Und auf sie könne er sich doch verlassen, das wisse er.

Das Geräusch war Roland unter die Haut gegangen, wie er den Schlüssel über den roten Lack gezogen hatte. Einmal, zweimal, dreimal, jedes Mal etwas stärker; und jedes Mal spürte er, wie die Wut in ihm aufstieg, eine Wut, die ihm Tränen in die Augen treiben wollte.

Und noch einmal über die Türe, und noch einmal, tiefe und breite Wellenlinien hinterlassend. Luki hatte ihn schliesslich weggezogen. Es reiche, er müsse ja nicht gleich ein Loch in das Blech machen. Also, sie hätten dann, im Fall, nichts gesehen, hatten sie beteuert, bevor sie auf ihren Rädern davongerast waren. Dann waren die Tränen endlich gekommen, weiter oben auf dem Pfad zu den Wohnblocks hin. Roland hatte sich hingesetzt, sich unter den Pulli gegriffen und eine verkrustete Brandwunde aufgerissen.

Frau Peters Auto war am nächsten Tag das Thema Nummer Eins gewesen. Wenn sich der Schuldige nicht stelle, freiwillig, würde die Polizei geholt werden. Roland vernahm davon erst am Abend, als Xävu anrief. „Ganz cool bleiben, Mann", riet dieser.

Die Polizei war dann trotz allem nicht gekommen. Wie konnte man wissen, dass es einer der Schüler gewesen war? Hätte es nicht auch anderswo passiert sein können, ohne dass Frau Peter es bemerkt hätte?

„Ja, eigentlich ..."

Eben. Sie wollten vorsichtig sein. Die Polizei im Haus könnte ein schlechtes Licht auf ihre Schule werfen, hatte der Rektor gemeint.

Roland hatte danach davon geträumt. Mehrmals. Er hätte darüber reden, es wiedergutmachen wollen, hatte danach zwei ganze Wochen lang nie mehr bei Frau Peter geschwänzt, sein Möglichstes getan, mitzuhalten mit dem Stoff, wenigstens ein Minimum an Hausaufgaben hinzukriegen.

„Du spinnst ja!", riefen Oski, Luki und Xävu entgeistert, als er vorschlug, sich zu melden. „Das ist doch längst vergessen. Willst du von der Schule fliegen?"

Aber Roland war in diesen zwei Wochen gewesen, als würden sich die anderen verändern. Irgendwie. Zweimal schon hatten Luki und Xävu eine Bemerkung gemacht, also, sie würden dichthalten, er würde doch auch niemandem etwas sagen, dass sie, na ja, er wisse schon ..." Oder bildete er sich das nur ein? Er begann, ihre Gegenwart zu meiden. Er hatte genug von ihren Mutproben. Sollten sie sich doch selber auch einmal etwas trauen.

Lara hatte eine Stelle gefunden, eine Verkäuferinnenanlehre bei H&M. Sie würde bald eigenes Geld haben, selber verdientes Geld. Was würde sie sagen, wenn sie wüsste, dass er, Roland, keine Stelle hatte, weil er es verpennt hatte, sich um eine zu bewerben?

Lara. Wenn er an sie dachte, glaubte er, alles im Leben erreichen zu können.

Er war jeden Tag enttäuscht, wenn er sie weder in der Pause noch nach Schulschluss sah, obwohl er jeden Morgen hoffte, sie nicht zu sehen. Zu gegenwärtig waren ihm noch die Begegnungen, einmal auf dem Weg zum Werkraum, einmal vor dem Coop, als sie plötzlich vor ihm stand, Hand in Hand mit Rebekka. Er spürte sich auch in der Erinnerung noch erröten und seine Stimme verlieren, wegblicken und einen Gruss stammeln. Zu gegenwärtig noch war ihm der Nachhall ihres Kicherns. Tagelang, nein, halbe Nächte hatte er schon damit zugebracht sich vorzustellen, wie er ihr alleine begegnete, wie er ganz locker auf sie zuging, sie fragte, ganz cool, ob sie mit ihm ins Kino komme, wie er dort im Schutze der Dunkelheit ihre Hand halten, wie sie mit ihm aus einer Tüte Popcorn essen würde.

Der Knutschfleck auf Lukis Hals! Erst rot, dann bläulich-grün, jetzt ging er ins Braun-Gelbe über. Sicher hatte er ihn sich selber mit dem Staubsauger gemacht. Was aber, wenn Luki nicht bluffte und der Fleck wirklich von Lara war, wie er behauptete? Roland wurde übel vor Angst, wenn er es sich vorstellte. Luki und Lara! Auf dem Eisfeld selber hatte es zwar nicht so ausgesehen, also ob Lara... Aber bei den Weibern wusste man ja nie ...

Der Bericht über den Eignungstest war vor zwei Tagen gekommen. Den Grammatiktest hatte Roland zwar nicht bestanden, aber sein Aufsatz war als ‚interessant' befunden worden.

Sie würden ihn ins SOS-Programm aufnehmen mit der Empfehlung, lies Bedingung, dass er sich beim Schulpsychologischen Dienst melden würde.

„Du lümmelst ja noch immer hier herum! Hinaus jetzt mit dir, aber subito!"

Bevor der Schulhausabwart sich ihm nähern konnte, öffnete Roland langsam die Türe des Klassenzimmers. Frau Peter sass, wie er es gehofft hatte, noch am Lehrerpult und korrigierte Hefte. Von der Kirchturmuhr schlug es Viertel vor Sieben.

DER SELFIEMACHER

Da war noch dieser Selfiemacher,
der gefiel sich selbst gar sehr.
Der übte einst sein schönstes Lachen
hoch überm Nebelmeer.

Dann, auf der Suche nach dem besten Aus-Blick,
machte er noch einen Schritt zurück.

Das war sein Unglück.

UND DIE SCHILDKRÖTEN HOCKEN TRÄGE

Die zwei Schildkröten hocken im Goldfischteich träge auf ihrem Stein zwischen den gelben Seerosen und recken die Köpfe in die Septembersonne. Um sie herum dümpeln Fische an der Wasseroberfläche. Sonnenstrahlen reflektieren an ihren roten Schuppen.

„Guten Tag, Herr Arnet."

Herr Arnet sitzt mit offenem Hemd und einer Dächlikappe auf dem Kopf in seinem Rollstuhl. Der hohe Lindenbaum neben dem Eingang zum Pflegeheim wirft Schatten auf sein mit roten Venen durchzogenes, gedunsenes Gesicht.

„Ja, kennen wir uns denn?" Wie bei jedem Treffen schaut er Franziska aus wässrigen, geröteten Augen an.

„Wir haben einander auch schon gesehen, Herr Arnet, ich bin die Tochter von Frau Renner."

„Aha."

Aus seinen grauen Shorts lugen geschwollene Beine hervor, deren angerauhte Haut dünn ist und aussieht, als könne sie jeden Moment platzen. Seine Waden sind übersät mit verkrusteten Wunden. Die Füsse, ebenfalls geschwollen, stecken in Sandalen mit verstellbarem Klettverschluss. An seinen Fersen millimeterdicke, weisse, gerissene Hornhaut.

Herr Arnet wohnt im fünften Stock des Pflegeheims, wie Franziskas Mutter. Er hat Kinder, die ihn nie besuchen, dafür hat er einen Freund, Herrn Wicki vom dritten Stock, der den ganzen Tag über ihn wacht und ihn durch die Gänge und Gärten des Heimes schiebt.

Herr Wicki, gross und dünn, macht an Sonntagen oder Geburtstagen nach dem Mittagessen auch mit seinem Freund zusammen Musik. Dabei schlägt er auf einem Triangel den Takt, stets einen kleinen Moment neben den Tonfolgen vorbei, die Herr Arnet aus seiner Melodica herauspresst. Herrn Arnets Melodien klingen nicht sehr melodiös, doch sie vermögen die Gesichter zu heben, die über Brustkörben hängen, Augen zu öffnen, die, ohne zu sehen, zur Melodie hinüberschauen. Sie vermögen sogar ein paar Hände zum Mitklatschen zu bewegen. Einmal rief eine männliche Stimme mehrmals laut „Hopp Schwiiz!", während die beiden Freunde 'S'Ramseiers wie ga grase' spielten. Dies zu Ehren von Frau Ramseyer mit den grossen Schneidezähnen, die derweil die Wollknäuel entwirrte, die sie stets in ihrer Handtasche mit sich herumträgt.

Franziskas Mutter gehörte anfangs zu den Lächelnden und Klatschenden. Über die vergangenen zwei Jahre sind ihre Hände erlahmt, sitzt sie immer regloser in ihrem Rollstuhl.

Manchmal erzählt Herr Arnet einen Witz, über den niemand lacht.

Doch diese Witze sind besser als die anzüglichen Sprüche des bärtigen Trinkers, der seine Zeit rauchend und mit einer Flasche Bier vor dem Haupteingang oder auf dem Balkon verbrachte. Rüde Sprüche über weibliche Geschlechtsteile, die bei Franziska jedes Mal Hühnerhaut verursachten.

Anfangs noch meinte ihre Mutter, Franziska müsse dem einfach nicht zuhören, das sei ein blöder Esel. Dieser Esel machte auch nicht Halt davor, Frauen zu begrapschen. Bis er an die adrette, maniküre, stets elegant gekleidete Frau Ulrich traf. Dieser 96-Jährigen, die Rilke Gedichte auswendig kennt und jeden Sonntag von einem ihrer vier Kinder oder sechs

Enkelkinder zum Essen ausgeführt wird, griff er nur einmal an die Brust. Die Finger von Frau Ulrichs rechter Hand waren noch am nächsten Tag auf seiner Wange zu sehen. Eines Tages war der Mann weg gewesen.

Auf der roten Bank vor dem Ziegengehege sitzen drei Frauen zwischen 70 und 90, schweigend vor sich hinstarrend. Von der Kirche herauf schlägt es fünfzehn Uhr. Die Luft flirrt. Es ist zu heiss, um draussen zu sein.

Im fünften Stock erfährt Franziska, dass ihre Mutter noch in der Therapie ist, wie jeden Donnerstag. Franziska hat nicht mehr daran gedacht. Sie holt sich in der Cafeteria einen Kaffee und setzt sich an eines der runden Tischchen. Darauf steht, wie auf den achtzehn anderen, eine kleine rote Plastikpflanze.

Kinder tollen herum und kichern vor dem Vogelkäfig, in dem ein Beo monoton die immer gleichen Sätze plappert.

An den Tischchen sitzen Töchter und Söhne ihren Müttern und Vätern gegenüber: Müttern, die ein Schlaganfall von einer Minute zur andern hat verstummen lassen, Vätern, die Alzheimer in die Vergangenheit versetzt hat. Eltern in Windeln, Eltern, die mit Strohhalmen trinken und ins Leere blicken.

Töchter, die mit Kaffee gefüllte Schnabelbecher an einen alten Mund führen, Speichel wegwischen, Nasen putzen und sich so ablenken vom schlechten Gewissen, das sie ob ihrer Hilflosigkeit spüren. Söhne, die verlegen über runzelige, kalte Hände streicheln, nach Worten suchen und den abwesenden Blicken ausweichen. Blicken, deren leere Tiefe erfüllt ist von Fragen, von Schmerz, von Staunen und von Resignation.

Nach zwanzig Minuten steht Franziska auf. Sie trägt die leere Tasse zum Geschirrwagen und geht zur Glastür, die ins Treppenhaus führt. Mit dem rechten Fuss drückt sie auf einen Schalter im Boden, mit der rechten Hand auf einen Knopf auf

Kopfhöhe im Rahmen der Türe, welche sich daraufhin mit einem Surren öffnet. Dieser Knopf ist eine den Alten und Gebrechlichen verschwiegene Vorsichtsmassnahme, um sie am Weg hinaus zu hindern. Am Weg hinaus, den niemand hier lebend schafft. Wer hier ist, bleibt hier und wartet.

Franziska steigt die zwei Treppen zum Zwischengeschoss hinunter, geht den verwinkelten Korridor entlang zum Physiotherapiezimmer.

Als sie um die Ecke kommt, sieht sie ihre Mutter im Rollstuhl neben der Türe des Therapiezimmers. Hingestellt, bis sie von jemandem abgeholt wird. Wie sie sich unbeobachtet fühlt, wirkt die Frau wie nichts weiter als eine Ansammlung von Atomen, Zellen, Muskeln und Knochen, die durch Kissen in Position gehalten werden. Ihre Mutter, ein hilfloses Stück Menschenmasse. Wenn niemand käme, sie abzuholen, würde sie sich wehren und bemerkbar machen? Franziska spürt einen Stich im Magen, als sich diese Frage in einem Sekundenbruchteil verneint. Dass sie sich überhaupt solche Fragen stellen kann! Die Besuche im Pflegeheim und der Anblick ihrer halbseitig gelähmten Mutter haben sie zynisch gemacht. Und, wie sie meint, ihre Sinne geschärft für das Wesentliche im Leben.

So, wie sie dieses Wesentliche versteht: als das Recht auf Würde und Lebensqualität, auf Ansprüche und Identität. Aber die Werte, die für Franziska gelten, lassen sich nicht auf ihre Mutter übertragen; sie weiss, dass das mehr ist als eine Generationenfrage. Aber was weiss sie schon, vielleicht ist ihre Mutter ja zufrieden in ihrer Halbbewusstheit? Und stellt, wenn sie sich im Spiegel in der Rückwand des Liftes lahm nach links hängend im Rollstuhl sitzen sieht, keine Vergleiche an. Keine Verbindungen zwischen jetzt und damals.

Mutters dreiundsiebzigjähriges Gesicht mit der beneidenswert glatten Haut hellt sich auf, wie sie ihre Tochter sieht. Der schräge Mund verzieht sich im Lächeln zu einer Grimasse.

„Warum kommst du erst jetzt? Wenn du früher gekommen wärst, hättest du gesehen, wie der Doktor mit mir geturnt hat. Der Vater ist auch noch nie zuschauen gekommen."

Es ist nicht das erste Mal, dass sie sich darüber beschwert. Franziska wird bewusst, wie wichtig es ihrer Mutter ist, dass jemand ihr zusieht bei ihren Therapieübungen: „Schau, was ich kann!" Wie ein Kind auf der Rutschbahn, das erst rutscht, wenn Mami oder Papi zuschauen. Franziska verbirgt ihre Rührung, legt der Mutter die Hände auf die Schulter und beugt sich von hinten über sie, gibt ihr einen Kuss auf die Wange.

„Nächste Woche komme ich mit und schaue zu. Versprochen."

„Der Doktor ist zufrieden mit mir."

„Das ist ein gutes Zeichen."

Franziska stösst den Rollstuhl den verwinkelten Korridor entlang, vorbei am Patienten, der, von Krücken und einem Pfleger gestützt, auf das Therapiezimmer zugeht. Vor dem Lift begegnet ihnen die murmelnde Frau Mattenberger.

„Die ist sicher wieder davongelaufen. Die läuft ständig davon, und dann müssen sie sie suchen.", erzählt Mutter.

Sie fahren hinauf in die Cafeteria. Dort sitzen sie wortlos nebeneinander. Franziska streichelt über den Arm, der lahmschwer rechts von ihr auf der Lehne des Rollstuhls liegt, den Ellenbogen mit einem dünnen Kissen unterlegt.

Die Töchter und Söhne an den Tischchen um sie herum suchen wie sie nach Worten, um die Leere zu füllen, welche über ihnen hängt und welche die gemeinsam verbrachten Jahre spiegelt. Und sie sind froh um die herumrennenden Kinder, die ablenken und Gesprächsstoff liefern.

Sind es wirklich gemeinsame Jahre gewesen? Man trägt denselben Familiennamen, dieselben Gene, man hat sich jahrelang Wohnraum geteilt, Mahlzeiten gemeinsam eingenommen, ist gemeinsam vor dem Fernseher gesessen, hat am Sonntag Ausflüge gemacht. Und dann sitzt man da an einem runden Tischchen in der Cafeteria eines Alters- und Pflegeheims und sucht nach Spuren, die diese gemeinsame Zeit hinterlassen haben könnte und stösst auf Gefühle, die einen in ihrer Hässlichkeit erschrecken.

Das Alters- und Pflegeheim ändert alles. Dort werden die Risse im Familiengefüge sichtbar. Dann etwa, wenn das Pflegepersonal die Töchter und Söhne nach Gewohnheiten und Krankengeschichten der Mütter und Väter fragt und sie keine Antworten darauf geben können. Es befallen die Töchter und Söhne Vorwürfe; sie hätten die Ängste der Mütter und Väter ernster nehmen sollen, und sie schämen sich, weil sie sich ihnen nicht so aufmerksam gewidmet haben, wie sie es als liebende Töchter und Söhne hätten tun sollen.

„Was machst du denn da? Warum drückst du mir ständig an der Hand herum, das tut doch weh!", zischt die Mutter in Franziskas Gedanken hinein. Die Worte bohren sich in ihre Brust, vibrieren, hallen nach.

Wie damals, als das Mädchen Franziska mit den blonden Stirnfransen so oft so sehr erschrak ob den schrillen Zurechtweisungen der Mutter, dass es in der Brust schmerzte. Aber die Frau Franziska mit den grauen Strähnen im Haar hat sich versprochen, sich dadurch nicht mehr verletzen zu lassen. Heute vermag sie die Angst zu hören, die in dieser Gehässigkeit mitschwingt; die Mutlosigkeit, die diese gefauchten Worte zu einem ungeschrieenen Schrei machen.

Franziska machen sie trotz dieses Wissens jedesmal aufs Neue traurig.

„Wir könnten wieder einmal auswärts essen gehen, was meinst du? Wie könnten das Rollstuhltaxi bestellen und in die Stadt in ein Restaurant gehen."

„Bin doch schon letzten Sonntag auswärts essen gewesen!", zischt es zurück.

„So, mit wem denn?"

„Ja, mit meinen Kolleginnen aus dem Geschäft halt", sagt der schräge Mund. Es klingt vorwurfsvoll und erstaunt. Wie kann Franziska das denn nicht wissen? „Und dann ist der Doktor auch noch gekommen, im Wald, auf einem Pferd und er hat gesagt, dass er zufrieden ist mit mir."

„Gut."

„Das muss ich Vater auch noch sagen, dass der Doktor zufrieden ist mit mir."

Der Beo flattert mit lautem Gekreisch durch seinen Käfig, einige Köpfe drehen sich in Richtung Lift. Eines der Kinder wird den bunten Vogel erschreckt haben.

Mutter wäre immer gern Grossmutter gewesen. Als Franziskas Ehe zerbrach, war sie nicht erstaunt, behauptete, das habe sie schon von Anfang an kommen sehen. Wenn sie, Franziska, ein Kind gehabt hätte, dann hätte die Ehe gehalten. Erst Kinder machten halt eine richtige Familie aus, dann ginge man nicht einfach so auseinander. Aber wenn halt die Frau unbedingt Karriere machen wolle. Hier liess die Mutter immer eine Pause stehen, über die sie sich dann mit einem schweren Seufzer hinweg schwang. Dass eine Frau Bilder malen und davon leben wollen kann, das hat Mutter nie verstanden. Ein Körnchen Wahrheit war dran, an ihren Worten, das musste Franziska eingestehen. Roger hatte Kinder gewollt, sie nicht. Warum hatten sie dann geheiratet? Franziska wusste es nicht mehr zu sagen. Zu jung? Zu verliebt? Sie war überzeugt gewesen, sie beide würden sich lieben und verstehen und Roger habe Verständnis, nein, sei sogar etwas stolz auf sie und würde sie unterstützen in ihrer Kunst. Schliesslich war er selber Künstler, schrieb Artikel für Tageszeitungen und Kurzgeschichten, die er im Eigenverlag vertrieb, während Franziska tagsüber mit dem Verkaufen von Schuhen ihrer beider Unterhalt erwirtschaftete und nur in der kargen Freizeit malte. Je mehr Erfolg sie aber damit hatte, je mehr Ausstellungen in kleinen Tea-Rooms, dann in kleineren, dann grösseren Galerien, desto mehr wandelte sich Rogers Verständnis in schmerzhafte Sticheleien. Daran war ihre Ehe schlussendlich zerbrochen, an Rogers Eifersucht, nicht an Franziskas mangelndem Kinderwunsch. Heute ist Roger, soviel Franziska weiss, Vater von drei Kindern und widmet sich den Buchstaben nur noch als Angestellter einer Buchdruckerei.

„Ich habe dir neue Unterwäsche gebracht, schau."
„Hast du die aus der EPA?"
„Ja. schau, die Hemden sind schön weich und geben warm."
„Die Frau Wechsler von der Papetierieabteilung ist vorgestern bei mir gewesen. Sie hat geschwafelt wie ein Buch und ich habe gedacht, wenn sie nur endlich wieder geht."
Mutters Gedanken wandern. Franziskas Verwirrung und Schmerz darüber sind über die vergangenen Jahre kleiner geworden. Was noch immer schmerzt, ist die Erkenntnis, dass ihre Gespräche nicht erst seit Mutters Hirnblutung aneinander vorbei führen. Die Mutter hat ihrer Tochter nur selten zuhören können, und wenn sie zuhörte, blieben in Franziska stets Zweifel darüber zurück, ob sie sie auch gehört hatte.

Während der ersten vier Wochen nach der Hirnblutung waren sie sich zum ersten Mal etwas näher gekommen. Franziska hatte geweint und gewusst, ihre Mutter durfte noch nicht sterben; zu vieles war noch offen zwischen ihnen. Sie hatte Stunden am Krankenbett verbracht und sich an die verängstige Stimme der Mutter am Telefon erinnert, an deren Besorgnis wegen der drückenden, klopfenden Kopfschmerzen, den Schwindelgefühlen und dem Kribbeln in den Beinen und der Arthritis. Und daran, wie sie, Franziska, diese Ängste mit eiligen Worten der Beruhigung heruntergespielt hatte. In jenen Stunden am Bett der Mutter wurde Franziska gewahr, wie alt ihre Mutter geworden war, ohne dass Franziska es bemerkt hatte. Während sie ihr langsam Griessbrei einlöffelte und den Hals massierte, damit er schluckte, spürte sie die Verzweiflung dieser Frau. Und sie empfand sich als Eindringling in die Intimsphäre der Mutter, die ihre Würde nicht mehr verteidigen konnte. Sie versuchte wegzusehen von der Scham und der Panik in den vor Anstrengung weit aufgerissenen Augen der Mutter, während diese sich mit all ihrer Kraft darauf konzentrierte, das Tröpfchen Tee zu schlucken, auf das ihr Körper so sehr wartete.

Franziska massierte ihr die Beine mit Franzbranntwein, und das kleine, dankbare Flackern in den kranken Augen verursachten ihr jedes Mal einen Kloss im Hals. Die Mutter, die der Tochter nie etwas zugetraut hatte, liess sich von dieser die Beine massieren! Wenn das Pflegepersonal ihrer Mutter die Einlagen wechselte, fröstelte Franziska jedes Mal. Es war ihr unmöglich, den Anblick dieser alten Genitalien, dieses Ortes ihres eigenen Ursprunges, auszuhalten. Auch heute fragt sie sich oft, was in ihrer Mutter vorgehen mag in diesen Momenten der Hilflosigkeit, wenn Fremde sie waschen. Kann man ein starkes Schamgefühl einfach wegdrängen, nachdem es einen durch ein Leben geprägt und geführt hat?

„Meine Pflegerin heiratet."
„So? Welche denn?"

„Na, die blonde, welche sonst?", zischt es wieder. „Sie hat gefragt, ob ich Spalier stehen komme."
„Wann ist das denn?"
„Ich weiss es nicht mehr."
Mutter blickt auf ihre Hände und fragt nach einer Pause:
„Kommst du mir dann die Fingernägel anstreichen?"
„Ja sicher. Wie gehen in den Laden hinüber und kaufen einen schönen Nagellack."
„Wann?"
„Am nächsten Donnerstag, nach dem Turnen."

Im Spital hatte Franziska zum ersten Mal das Gesicht der Mutter gestreichelt, und sie war erschrocken in der Erkenntnis, wie fremd ihr diese Frau war. Solange sie hilflos da lag oder hoch gelagert immer wieder auf die linke Seite kippte, mit aufgerissenen Augen um Hilfe flehte, hatte sie solche Berührungen zugelassen. Je mehr sie jedoch zu sich kam und nach und nach die Sprache wiederfand, je aufrechter sie wieder im Rollstuhl sitzen, je selbständiger sie essen und trinken konnte, desto mehr kehrte auch Mutters gewohnte Reserve zurück. Aber die Gefühlsäusserungen auf ihrem Gesicht während der Wochen, in denen sie diese nicht unter Kontrolle hatte, haben Spuren in der Tochter hinterlassen. Es war Franziska, als läse sie in diesen flüchtigen Momenten die Wahrheit über ihre Mutter. Die Traurigkeit in diesem Gesicht erschütterte sie.

Die Verwandten waren ans Krankenbett geeilt und waren erleichtert, als es besser ging und sie sich nicht mehr derart schonungslos mit ihrer eigenen Vergänglichkeit konfrontiert sahen. Und je besser es ging, desto spärlicher wurden ihre Besuche. Heute sind die einzigen, die zu Besuch kommen die Tochter und ab und zu eine Nachbarin, die diese Frau besser kennt, als Franziska es je getan hat.

Die Welt ihrer Mutter ist klein geworden. Franziska würde diese Welt gerne teilen, wenn sie nur den Zugang dazu finden könnte. Aber sie kann sich nur der physischen Welt anzunähern versuchen, die Gedankenwelt der Mutter, das spürt sie, ist ihr weiterhin und für immer verschlossen. Drei Zimmergenossinnen sind in den vergangenen eineinhalb Jahren gestorben, Mutter hat nie gesagt, ob oder wie sie das empfunden hat.

Mutter ist immer eine Frau gewesen, die sich geweigert hat wahrzunehmen, was sie schmerzt. Eine Frau, die gelernt hat zu verdrängen, was sie nicht wahrhaben will. Eine Frau, die verdrängt, bis das Nicht-Wahrgenommene sich zu Geschwüren im Körper formt, die man herausoperieren kann. Zu Thrombosen, die man mit Blutverdünnern wegverdünnen kann. Zum Schlaganfall, der sie bewegungsunfähig macht gegen das, wogegen sie sich nicht wehren kann.

„Morgen muss ich unbedingt zur Bank Geld holen. Und zu Vater staubsaugen. Der ist auch schon lange nicht mehr hier gewesen."

„Er hat halt auch nicht immer Zeit."

Dass Vater seit acht Monaten tot ist, gehört zu den Dingen, die wahrzunehmen sie sich weigert. So schiebt Franziska sie oft hinüber zum Friedhof, wo sie eine Grabkerze anzündet. „Hier ist Vaters Grab.", erklärt sie dann. Aber Mutter schaut nicht hin, vielmehr wird sie nervös. blickt um sich, deutet auf Vögel, auf Menschen. „Schau, dort ist ein Mann." Kaum zurück im Heim, beginnt die Mutter im fünften Stock oben wieder zu warten auf den Besuch des Mannes, dessen Affären und Trinkerei ihr über 40 Jahre hinweg Überlebensstrategien abgefordert haben. Der Mann, IHR Mann. Er war es gewesen, der sie auf dem Küchenboden liegend gefunden, der die Nachbarin und die Ambulanz gerufen hatte. Ins Krankenhaus mitgefahren war er nicht. „Ich hätte ja doch nichts machen können."

„Das ist mein Mann.", stellte die Mutter ihn jedem und jeder im Heim vor, wenn er zu Besuch kam. Und in ihren Augen glänzte Stolz. Spürte sie, wie seine Schuldgefühle ihn marterten, wenn er jetzt allein daheim auf dem Sofa sass vor seiner Flasche und sich zerfleischte mit Selbstvorwürfen? Könnte es sein, dass ihre Mutter diesen Schlaganfall in eben dieser Absicht inszeniert hat? Als wortlose Demonstration ihrer Macht über ihn? Oder hat sie es ganz einfach aufgegeben zu kämpfen und sich selber lahmgelegt? Franziska schämt sich solcher Gedanken, und doch flackern sie immer wieder auf.

Vor einigen Monaten hat Mutter begonnen, sich nachts den Unterleib und den rechten Oberschenkel blutig zu kratzen. Einer der Pfleger, ein Verfechter der ‚blutgruppenorientierten Ernährung', spürte diesem Juckreiz in „psychosomatischer Richtung', wie er erklärte, nach und befand, dieser könne nur mit dem Warten auf Besuch zusammenhängen. Deshalb wolle er mit Franziska und ihrem Vater einen Besuchsplan erstellen. Sie waren nicht darauf eingegangen, aber gegen die danach aufkeimenden Gedanken konnte Franziska sich nur schwer wehren.

„Möchtest du noch etwas trinken, Mutter? Komm, wir trinken zusammen ein Rivella. Ich bin gleich wieder da."

Zurück am Tischchen füllt Franziska ihrer beider Gläser. Mutter nimmt einen gierigen Schluck aus dem Plastikbecher, den ihre Tochter ihr an den Mund führt.

„Schau, dort, Frau Furrer."

Franziska glaubt, dass ihre Mutter sich im Heim inzwischen wohl fühlt.

„Schau, was ich kann. Mit der rechten Hand greift sich Mutter das linke Handgelenk und hebt den lahmen Arm ein paar Zentimeter vom Tisch. „Jetzt kann ich dann bald heim, nicht wahr?"

Franziska kämpft mit den Tränen, als sie sagt, „Wir fragen dann den Doktor, was er meint."

„Letzte Nacht hat Vater mich ganz schön erschreckt."

„Warum?"

„Weil er plötzlich neben meinem Bett gestanden ist und mich erschreckt hat."

„Du hast bestimmt geträumt."

„Nein, ganz sicher nicht. Er war weiss angezogen und hatte einen Koffer bei sich und sagte, er verreise jetzt, und dann ist er gegangen."

Franziska sucht nach einer passenden Antwort und schaut dabei auf die Uhr.

„Ui, schon bald fünf Uhr. Wir sollten hinauf gehen."

Die Frauen vom Bänklein draussen bewegen sich langsam an ihnen vorbei in Richtung Lift. Es sitzen nur noch drei Personen am Tischchen neben dem Fenster.

„Weisst du, ich möchte endlich wieder in meinem eigenen Bett schlafen. Die alten Weiber dort oben regen mich auf. Vater ist heute schon wieder nicht gekommen."

Wieder schwingt der trotzige Unterton mit, während ihre Augen sich mit Tränen füllen. Nach ein paar Sekunden blickt sie erschrocken auf und dämpft ihre Verletzlichkeit durch den Ansatz eines Lächelns. Hat sie eben etwas durchscheinen lassen von ihrem Ich? Wie damals im Spital, als der Körper noch unter Schock stand und Mutter in einem Fort zusammenhanglos redete, dann plötzlich innehielt, Franziska lange anschaute und sagte: „Dieser Typ macht mich noch fix und fertig."

Sie fahren mit dem Lift in den fünften Stock hinauf. Die Esstische sind gedeckt und das Pflegepersonal hat es nicht gern, wenn man zu spät kommt.

Franziska stellt Mutters Rollstuhl an den Tisch neben dem Schwesternzimmer. Am Nebentisch weint Frau Jäggi. Sie ist, wie Mutter, linkseitig gelähmt und ist die Witzerzählerin auf der Etage.

„Sie hat heute Geburtstag und kein einziger Besuch ist gekommen", erklärt die Mutter. Frau Jäggi hört es und schluchzt laut auf. Neben ihr kramt Frau Ramseyer gedankenverloren in ihrer schwarzen, abgegriffenen Handtasche und entnimmt ihr zwei Äpfel und einen Knäuel grüner Sockenwolle.

„Frau Ramseyer, wir essen jetzt. Schauen Sie, wir stellen die Tasche auf den Boden."

„Nein!"

„Doch!"

Die Pflegerin stellt das Tablett mit Nachdruck vor die Frau hin, entwindet den sich daran krallenden Händen die Handtasche, während Frau Blaser daneben still vor sich hinlächelt und an einer Brotrinde kaut. Herr Arnet rollt sich langsam vom Lift her auf Mutters Tisch zu.

„Das ist meine Tochter", sagt diese, wie jedes Mal. „Sie malt Bilder."

Ein paar Köpfe drehen sich in ihre Richtung. Niemand sagt etwas.

„Also Mutter, dann gehe ich jetzt. Und am Donnerstag komme ich mit in die Therapie und schaue zu, wie du turnst."

Franziska küsst die Mutter auf die Wange.

Die Mutter starrt mit leerem Blick auf den Aufschnittteller vor sich.

VOR DEM TUNNEL

Auf der Terrasse des Bahnhofbuffets war jeder Tisch besetzt. Menschen wischten hektisch über Handys oder schrien ebenso hektisch und gestikulierend hinein. Gepäckstücke, Reisetaschen und Rollkoffer in allen Grössen standen zwischen den Tischen und erschwerten der Bedienung den Durchgang. Der Mann am Nebentisch trug eine Baseballkappe über schulter-langem Haar und war in eine Tageszeitung vertieft. Auch deren Titelseite wurde dominiert vom ‚Fall P.K.' Der als Vorzeigepolitiker und Saubermann gehandelte P.K. war einmal mehr, ausser Dienst, im teuersten Hotel des Landes abgestiegen und hatte die Spesen auf Kosten der Steuerzahler abgerechnet. Was noch mehr empörte, war, dass diesmal auch seine aktuelle Geliebte mit ihm gesehen und abgelichtet worden war. Die Boulevardpresse nannte ihn nur den ‚Fremdgeh-Pius' und widmete sich intensiv dem Gefühlsleben der betrogenen Gattin, nachdem ihr Pius sich ob des Hagels der öffentlichen Empörung an einem Waldrand von dieser Welt verabschiedet hatte.

„Da hat sich auch wieder einer verrechnet", sagte ich.

„Ja", sagte mein Gegenüber. „Diese Typen glauben, sie hätten das Recht zu bescheissen, zu manipulieren, alles zu bekommen, aber wenn's in die Hose geht, flennen sie und übernehmen keine Verantwortung. Sich einfach am Waldrand erschiessen, das kann jeder."

Ich runzelte die Stirn, gab einen Laut des Zweifels von mir. Der Mann liess sich nicht unterbrechen.

„Jedenfalls solche Typen. Einfacher, als sich zu stellen und ihren Egoismus einzugestehen. Die vielen Ferien auf Staatskosten waren ja nicht das einzige Problem bei diesem K.; der hat der Firma seiner Geliebten ja auch Aufträge unter der Hand zukommen lassen."

Das hatte ich nicht gewusst, es war mir aber auch wurscht. Ich nahm einen grossen Schluck aus meinem Halbliterglas. Der Mann leerte den Rest Rahm aus dem kleinen Plastikbehälter in seinen Kaffee.

„Wissen Sie, wenn ich mich jedes Mal umgebracht hätte, wenn mir danach war, dann wäre ich jetzt längst tot", sagte er in unser Schweigen hinein. Um uns herum rauschten Stimmen. Ich schaute ihn an, zog die Augenbrauen hoch. Wartete, dass er lachte oder zwinkerte oder sonstwie seinen Witz untermalte. Doch es war kein Witz. Er meinte es ernst. Todernst.

„Da ist etwas Wahres dran." Ich bemühte mich, nicht zu lachen und fragte stattdessen, wann ihm denn zum ersten Mal danach gewesen sei. Er musste nicht lange nachdenken.

„Schon in der Pubertät. So mit 15 oder 16. Als die ersten Panikattacken kamen."

Schweigen.

Ich wusste nicht, wie sich eine solche Attacke anfühlt. Ich wartete auf eine Beschreibung oder Erklärung. Es kam keine.

„Und wegen dieser Angst wollten Sie nicht mehr leben?"

„Nein. Es war die Angst vor der Angst. Dafür, wofür sie steht. Oder stand. Zum Glück Präteritum."

Er deutete meine erneut hochgezogenen Augenbrauen richtig.

„Vergangenheit.", sagte er. „Zum Glück. Aber eins weiss ich jetzt auch. Ohne Alkohol hätte ich es nicht geschafft."

Er deutete auf mein Bierglas, das nun zu drei Viertel leer war. „Er war die Brücke über den Abgrund, die Krücke, die meine verletzte Seele stützte, bis sie wieder allein gehen konnte."

Er muss ein gebildeter Mann sein, überlegte ich. Sicher einer, der viel las. Gescheite Bücher, so, wie er redete.

„Wie lange brauchten Sie diese Krücken?"

„Seit 23 Jahren nicht mehr. Und ich würde nie mehr einen einzigen Schluck trinken, das sage ich Ihnen. Dafür respektiere ich diesen Teufel zu sehr." Wieder deutete er auf mein Glas.

Ich fühlte mich etwas beklommen, als ich meine linke Hand hob, um der Bedienung zu signalisieren, dass mein Glas leer war.

„Er war mir ein treuer, zuverlässiger Freund. Ein anhänglicher auch. Er würde sich sofort wieder um mich kümmern, nein, an mich klammern, wenn ich ihn darum bäte."

„Ja.", sagte er nach einer weiteren Pause wie zu sich selber. Er rührte in seinem Kaffee, der bestimmt kalt geworden war in der Zwischenzeit.

„Ja, ich verdanke ihm viel."

Ich bedankte mich bei der jungen Frau mit Turnschuhen und Pferdeschwanz, die ein neues Halbliterglas vor mich hinstellte.

Wieder schwiegen wir. Was sollte ich sagen? Ich, der ich schon das zweite grosse Glas vor mir stehen hatte, und es waren nicht die beiden ersten des Tages. Schliesslich war dieser schon rund 19 Stunden alt. Da passten viele Gläser rein.

Er nahm einen Schluck aus seiner Tasse.

„Ja, Alkohol ist nicht gut, ich weiss, aber halt doch etwas Gutes", versuchte ich witzig zu sein. Ich setzte ein Lächeln auf, das bloss zu einem schiefen Grinsen geriet. Das Gespräch wurde mir unangenehm. Der Mann mir gegenüber begann wie ein erhobener Zeigefinger zu wirken. Dabei predigte er gar nicht. Er beantwortete ja nur meine Fragen. Und die waren eigentlich einfach genug gewesen. Ich hatte ihm ein Bier spendieren wollen.

Rund eine Stunde waren wir einander im Zug gegenübergesessen. Er hatte gelesen und ab und zu Notizen ins Buch gemacht. Ich hatte zum Fenster hinausgeschaut und einmal die Lasche von einer Bierdose gerissen. Zischend war der Schaum aus der kleinen, birnenförmigen Öffnung gequollen und auf den Boden zwischen unseren Füssen getropft. Ich entschuldigte mich und bot ihm eine Dose an, die er lächelnd, wortlos den Kopf schüttelnd, ablehnte.

Nun sassen wir in diesem Kaff fest. Kurz vor dem Bahnhof war der Zug stehen geblieben. Technische Panne an der Lok. Dauer unbekannt. Zu Fuss waren wir den Geleisen entlang die paar Minuten zum Bahnhof gegangen, zum Glück mit weniger Gepäck als die anderen Reisenden. Nun warteten wir in der Gartenwirtschaft des Bahnhofbuffets, bis es weiter ging.

Ich fühlte mich ertappt. War es so eindeutig? Sah man es mir an?

„Ja, wenn das geklappt hätte mit dem Umbringen, dann sässen wir jetzt nicht hier", versuchte ich erneut zu witzeln und das Gespräch vom Alkohol weg zu führen. „Warum haben Sie es denn schlussendlich nicht getan? Sie sprachen ja von mehreren Malen, wenn ich das richtig verstanden habe."

„Das haben Sie durchaus richtig verstanden." Er hob die Tasse, legte den Kopf nach hinten und liess den letzten Tropfen Kaffees in seinen Mund tröpfeln.

„Ganz einfach. Ich wusste nicht, wie ich es anstellen sollte. Die Angst davor - hier schon wieder, sehen Sie, die Angst - es könnte schiefgehen. Verstümmelt. Oder gaga. Ein Studienfreund hat sich vor einen Zug geworfen. Seither trägt er eine Beinprothese und wird ohne Medikamente verrückt vor

Schmerzen. Die Depressionen hat er auch immer noch. Rasierklinge? Fand ich zu brutal. Tabletten? Da kann es sein, dass du dir die Organe aus dem Leib kotzt, inklusive Hirnmasse. Tot bist du dann nicht, dafür gaga. So oder so. Du landest in der Psychiatrie, unweigerlich, wenn du das Sterben überlebst. Und das war mir dann doch zu riskant. Davor hatte ich die grösste Angst. Nicht vor dem Sterben, aber vor dem Danach, falls ich scheiterte. Die Angst. Und somit schliesst sich der Kreis, wären wir wieder am Anfang." Er winkte der Bedienung für einen weiteren Kaffee.

„Ja, und Mut braucht das doch bestimmt auch", gab ich zu bedenken. „Sich einfach so umzubringen."

„Nein", sinnierte er, schaute dabei an mir vorbei zu den farbigen Glühbirnen hinauf, die zwischen den Kastanienbäumen hingen und sanft im Abendwind schaukelten.

„Nein, ich glaube, schliesslich braucht es mehr Mut, weiterzumachen. Zu leben. Zu leben heisst doch, zu vertrauen, dass man die Situation, so beschissen - Sie entschuldigen den Ausdruck- so vertrackt sie auch sein mag, übersteht und überlebt. Wie gesagt, ich habe jede überlebt und heute bin ich froh darüber. Und dankbar. Von irgendwoher müssen der Mut und die Kraft ja auch kommen."

„Sie sehen aber auch gut aus", sagte ich. „Fit irgendwie und entspannt und locker." Im Gegensatz zu mir, dachte ich. Mir war bewusst, was für ein Bild ich bot: Mein rotes Gesicht, meine gequollenen Augen. Mein schwerfälliger Gang, meine gebeugten Schultern, auch, dass ich nicht besonders gut roch. Dass der Mann sich überhaupt die Mühe nahm, sich mit mir zu unterhalten, erstaunte mich. Oder besser, mit mir zu reden. Mein Teil der Unterhaltung bestand ja hauptsächlich aus Nicken und ab und zu einer Frage. Er redete. Mit mir, dem kleinen Nichtsnutz. Er ging auf die Mitte 50 zu, schätzte ich.

„Ja, ich bin zufrieden. Mit 69. Sie sehen, es stimmt also nicht, wenn man behauptet, Alkohol immunisiere und konserviere. Es geht auch ohne. Und jetzt verrate ich Ihnen noch etwas ganz Besonderes." Er blickte kurz um sich, senkte dann seine Stimme.

„Ich habe mich sogar wieder verliebt." Er wirkte, als könnte er das selber nicht glauben.

„Schön für Sie. Aber warum ist das etwas Besonderes?"

„Nun, an so etwas zu glauben, dafür reichte mein Optimismus dann doch nicht. So ein alter Knacker. Aber nein, sie sagt, wenn sie wählen dürfe, dann möchte sie nur mich. Ich gefalle ihr. Ist das nicht schön?"

„Ja, sehr schön." Eigentlich war mir sein Liebesleben wurscht. „Wie alt ist sie denn?"

„Zehn Jahre jünger. Kluge Frau, hübsch dazu, arbeitet in der Stadtbibliothek in T."

Ich konnte die Frau verstehen. Er war sportlich, sein Haar angegraut, aber voll und gewellt. Die runde randlose Brille verstärkte den gescheiten Ausdruck seiner Augen.

Was er denn von Beruf sei oder gewesen sei.

Arzt. Bis das mit der Sauferei dann zu viel geworden sei. Danach habe er das Handtuch werfen müssen. „Dann habe ich mich zum Buchhändler umschulen lassen. Mit 46 mit Zwanzigjährigen in der Berufsschule, stellen Sie sich vor. Das war witzig, glauben Sie mir. Ich habe noch heute Kontakt zu einigen Mitschülern, die mich ‚cool' fanden, um es in deren Sprache auszudrücken. Natürlich ist ein Buchhändler nicht so sexy und nicht so lukrativ wie ein Arzt, aber ich hatte und habe meinen Seelenfrieden und keinen Stress und neue beste Freunde stets an meiner Seite. Bücher, Sie verstehen."

Nein, verstehen konnte ich das nicht. Ich weiss, dass es Leute gibt, die lieber Bücher als Menschen um sich haben, aber ich bin nie ein grosser Leser gewesen. Seit der Schule habe ich nie mehr einen Buchdeckel gehoben, die Leserei in der Schule hat mir gereicht.

„Warum will sich ein Mensch überhaupt umbringen?" Die Frage rutschte einfach so aus mir heraus.

„Als Arzt hatte ich viel mit Lebensmüden zu tun. Ist das nicht Ironie pur? Ich nähte angesäbelte Pulsadern zusammen, pumpte Gift aus Mägen und Wasser aus Lungen, ich hielt Händchen und tröstete. Im Hinterkopf bewunderte ich diese Leute, auch wenn mich ihr Scheitern, wie gesagt, verunsicherte und zum Nachdenken anregte. Ja, und irgendwann gewöhnte ich mich daran, dass es weiterging, lebend, aber eben nur mit Hilfe der Flasche. Bis es eben nicht mehr weiterging. Aber jetzt geht es mir wirklich gut."

Der Zugführer betrat die Terrasse, wischte sich mit einem grauen Taschentuch Schweiss vom Nacken und von der Stirn und bat, sich räuspernd, um Aufmerksamkeit. Die Ersatzlok sei unterwegs. Es könne nicht mehr lange dauern. Als Antwort schwallte ihm ein lautes Stimmengewirr entgegen, das nicht sehr entspannt klang.

Der Kaffee meines Gegenübers kam. Der Mann blickte zum Pferdeschwanz hoch, bedankte sich lächelnd.

„Aber ich rede ja die ganze Zeit nur von mir.", sagte er und wirkte erschrocken. „Entschuldigen Sie."

„Macht nichts. Ich stelle Ihnen ja auch Fragen."

„Aber was machen Sie denn so? Wie fühlen Sie sich, wenn das Bier ihren Körper wärmt und die Blase füllt?" Wir lachten.

„Da treffen Sie den Nagel auf den Kopf.", sagte ich und entschuldigte mich, um durch die Gaststube hindurch zur Toilette zu gehen. Der Druck in meiner Blase hatte mir seit einiger Zeit schon das Konzentrieren auf seine Worte erschwert.

Als ich zurückkam, hielt der Mann die rechteckige, laminierte Speisekarte in der Hand, die im schmalen Halter auf dem Tisch gestanden hatte. 'Für den kleinen Hunger zwischendurch'.

„Hm, so ein Wurstsalat mit Käse, das wär's jetzt.", meinte er. Dann hielt er inne.

„Aber wir wissen ja nicht, wieviel Zeit wir noch haben. Bis die Lok kommt, will ich sagen, und es weiter geht." Er steckte die Karte wieder in die Halterung.

„Wie ging das denn so als Arzt? Mit dem Alkohol, meine ich." Die Frage war während des Pinkelns in mir aufgestiegen.

„Da haben Sie durchaus recht.", antwortete er. Ein Arzt mit Fahne und zittrigen Händen. Irgendwann ging's halt nicht mehr. Das war mir ja selber klar."

Er rührte in seiner Kaffeetasse.

„Die Kündigung war das Beste, war mir passieren konnte."

Ich nickte. Ja, wenn man Arzt ist mit einem Polster auf der Bank, dachte ich. Dann hat man gut reden.

„Es war der absolute Tiefpunkt in meinem Leben. Jetzt wäre der ideale Zeitpunkt gewesen, um .... na, ja, Sie verstehen."

Ich verstand.

Wir schwiegen.

„Ist je ein Patient wegen Ihnen, ich meine, wegen dem Zittern und so...?" Ich suchte nach Worten.

Er nahm sie mir ab.

„Sie meinen, ob je einmal einer wegen mir? Nein, definitiv nicht. Das kann ich guten Gewissens behaupten. Keiner gestorben, keiner geschädigt. Aber Sie haben natürlich recht. Kunstfehler nennt man das dann. Deshalb sage ich ja, die Kündigung war ein Glück. Alles war offen. Nach oben und auch nach unten hin. Aber wissen Sie was?"

„Nein, was?"

Er richtete den Zeigefinger seiner rechten Hand gegen meine Brust. „Das Leben ist nie kostbarer, als wenn es auf der Kippe steht. Wenn's ums Sterben geht, dann will man plötzlich nur noch leben."

Wie schwiegen wieder.

„Es war ein Weckruf. Ich stellte den Schnaps weg und wurde wie erwähnt Buchhändler. Habe ich Ihnen schon gesagt, dass ich in S. noch einen Buchladen führe?"

Vom kleinen Bahnhofsgebäude gegenüber ertönte die Ansage, unser Zug würde in einer weiteren halben Stunde weiterfahren können. Die Ersatzlok sei auf dem Weg. 30 Minuten. Genug Zeit für ein weiteres Bier. Ich gab dem Pferdeschwanz ein Zeichen.

„Übrigens, ich heisse Erich." sagte er.

„Freut mich. Toni." Ich ergriff seine Hand, staunte über den festen Griff.

Mein Bier kam. Erich warf mir wortlos einen Blick zu. Ich schwieg ebenfalls. Geht den doch gar nichts an, wieviel und was ich trinke, sagte ich mir. Einerseits. Andererseits war mir nun definitiv nicht mehr wohl in seiner Gegenwart.

Seine Frage nach meiner Person hatte ich noch nicht beantwortet und ich würde es auch nicht mehr tun. Das war meine Sache. Es war meine Sache, dass auch die zweihundertdreiunddreissigste Bewerbung ohne Antwort geblieben war. Meine Sache, dass ich in zwei Wochen ausgesteuert werden würde. Meine Sache, dass auch das Bewerbungsgespräch heute nichts gebracht hatte ausser Spesen für die Bahnfahrt. Meine Sache, dass ich inzwischen nicht mehr anspruchsvoll war. Ich bin gelernter Bürolist. In den Jahren auf dem Steueramt habe ich auch den einen oder anderen Fall erlebt, wo sich einer selber die Kerze ausgeblasen hat wegen Schulden und Scheidung und so. Nicht, dass dieser Doktor Erich meint. Dass ich den Job verloren habe, war nicht meine Schuld. Stellenabbau beim Kanton. Dann lief mir auch Martina davon. Sie ist eine Frau, der ein Mann etwas bieten muss. Jetzt hat sie wieder einen mit Arbeit und Geld. Ich trinke zu viel, meinte sie. Ist doch mir wurscht. Der Erich hat Bücher als Freunde, ich habe Bier. Das macht viel weniger Stress als alle Frauen dieser Welt zusammen. Muss ich nicht mehr haben. Aber das Aufstehen am Morgen. Wenn ich überhaupt am Morgen schon aufstehe. Wozu auch? Wartet ja niemand auf mich. Beim Coop habe ich mich beworben, als Magaziner. Absage. Auf den Bau wollte mich die Frau vom RAV schicken. Geht's noch? Dann schickte sie mich in einen Weiterbildungskurs für Computer. Den hätte ich selber leiten können, habe ja Jahre vor dem Computer gesessen. Einen Monat lang putzte ich Treppenhäuser für ein Putzinstitut. Heute heissen die ja nicht mehr Hauswart, sondern ‚Facility Manager'. Und so weiter. Vielleicht klappt es auf dem Bauernhof als Erntehelfer. Hab' ich gestern angerufen.

Neben dem Tunnel bin ich schon oft gesessen. Die Gleise liegen etwas vertieft. An der rechten Böschung bin ich gesessen und habe mir notiert, wann welcher Zug aus dem Loch schiesst. Wenn ich aus den Brombeerstauden auf dem Tunneldach hinunterspringe, hat der Lokführer keine Chance, mich zu sehen.

Auch ich werde ihn nicht sehen, nur hören, wie er näherkommt.

Vom Bahnhof her die Stimme durch den Lautsprecher. Jetzt musste es plötzlich schnell gehen. Die Bedienung rannte von Tisch zu Tisch. „Fräulein, bezahlen!"

Rollkoffer schepperten über die Pflastersteine.

„Ja, dann, auf geht's", sagte Erich.

„Ja, auf geht's", sagte ich.

DER URSCHREI

Benjamin Nünlist zog die Türe des Klassenzimmers hinter sich zu und setzte sich ans Lehrerpult. Mit einem Seufzer schob er seine Hornbrille über die Stirn, schloss die Augen und drückte mit Daumen und Zeigefinger der linken Hand auf seine Nasenwurzel. Durch das geöffnete Fenster strömte der Duft von frisch gemähtem Gras, vom Pausenplatz her kam lautes Gelächter herüber, dann ein Aufschrei. Jemand hatte ein Tor geschossen. Nünlist wollte das Fenster schliessen gehen, fühlte sich aber zu müde, um aufzustehen. Stattdessen kam ihm die Werbung für Urschreitherapie in den Sinn, die er kürzlich in einer Zeitschrift beim Coiffeur gesehen hatte. *Befreien Sie sich von alten und neuen Lasten! Schreien Sie sich frei!* hatte es da geheissen. Ja, so ein Urschrei, das wäre jetzt etwas. Laut, kehlig, hemmungslos schreien und dabei visualisieren, wie aller Stress wie schwarzer Rauch durch weit geöffnete Lippen aus seinem Körper quillt. Vielleicht sollte er das einmal probieren, auf dem Velo unter der Eisenbahnbrücke, wenn gerade ein Schnellzug kommt, am liebsten jener, der gegen die Landesgrenze im Süden unterwegs war. Unterwegs gegen ein Abenteuer hin, hinaus aus der Enge seiner Gedanken und, wenn er ehrlich sein sollte, der Kleinheit seiner Welt. Er könnte auch draussen im Wald schreien, aber das war ihm zu riskant. Es könnte ihn da jemand hören und dann erschreckt die Polizei alarmieren, weil er ein Verbrechen befürchtete. Die Polizei würde kommen, mit Blaulicht, ihn überwältigen oder schonend angehen, je nach Eindruck, den er auf sie in diesem

Moment machen würde, und mitnehmen auf den Posten. Vielleicht über Nacht zur Überwachung dabehalten oder in eine Klinik überführen, als Notfall, denn ein Alkoholtest hätte ihn nüchtern gezeigt. Da wäre er dann, in der Klinik, müsste erklären, sich und diese Urschreitherapie, von der er noch nie etwas gehört hatte, bevor ihm jener Artikel beim Coiffeur unter die Augen kam. Er könnte nicht einmal behaupten, der Drang nach Schreien habe ihn übermannt, einfach so, auf einem Waldspaziergang. Nein, Nünlist war eine ehrliche Haut, er würde zugeben, dass er ausdrücklich, also geplant, in den Wald gefahren sei, um dort laut, kehlig und hemmungslos zu schreien, aus einer Notwendigkeit heraus, weil es ihn sonst vertätscht hätte. Und der Arzt dort in der Klinik wäre, wenn Nünlist Pech hätte, einer der alten Schule, der an Ruhigstellpillen und -spritzen glaubt und nichts gibt auf dieses ‚neumodische Indianer- und Kräuterzeugs'. Und wer weiss, dieser Arzt würde ihn sedieren, erst einmal tüchtig beruhigen, bis er, Nünlist, mit vernebeltem Geist und ihrer ständigen Fragerei überdrüssig, plötzlich anfangen würde, von sich zu erzählen. Dass er in seiner Freizeit Lateintexte übersetze und Gedichte von längst verstorbenen romantischen Engländern lese. Dass er alleine lebe, ohne Haustier, sich aber manchmal überlege, sich einen Goldfisch anzuschaffen. - Warum gerade einen Goldfisch? - Weil es so beruhigend sei, einem solchen beim Rundschwimmen zuzuschauen. - Ob er rauche? - Ja, manchmal. - Ob er Haschisch rauche? - Nein, nicht mehr. – Nicht mehr, das heisst, früher habe er? - Ja, wie alle anderen auch, halt. - Aha, ja, das könne zu Wahrnehmungsstörungen geführt haben, retardiert sozusagen. Wie denn sein Verhältnis zu seiner Mutter sei? - Die sei vor zwei Jahren verstorben. - Aha, woran denn? - An Altersschwäche. - Hatte sie Anzeichen von Demenz gezeigt? - Nein, nicht, dass Benjamin Nünlist wüsste. - Wie er denn ihren Tod verarbeitet habe? Ob er getrauert habe? - Ja, so wie alle anderen auch, halt. Er vermisse sie manchmal schon. - Aha! Ob er zu Depressionen neige? – Nur so wie alle anderen auch halt. - Was das heisse? - Nun, manchmal fühle er sich schon niedergeschlagen und lustlos, besonders bei Vollmond. - Bei Vollmond? Interessant! Und wie er damit umgehe? - Er gehe dann entweder schwimmen oder Velo fahren. Bergauf. Das bringe sein Blut in Wallung und seinen Energiefluss wieder in normale Bahnen. - Und ob er jeweils schreien würde beim Velofahren bergauf? - Nein, geschrien habe er dieses Mal zum ersten Mal. - Und warum? - Er habe es einfach einmal aus-probieren wollen. - Aha! Ausprobieren. Ob sie ihm etwas genützt habe, diese Schreierei mitten in einem Wald auf öffentlichem Grund? - Das wisse er nicht. - Warum nicht? - Tja, er sei ja von der Polizei abgeführt worden, bevor er eine beruhigende, reinigende Wirkung des Schreiens hätte feststellen können. - Reinigende Wirkung? Aha!

Und sie würden ihm noch einmal drei hellblaue Pillen geben wollen, die er wahrscheinlich ablehnen würde, weil er nicht nur hellblaue, auch hellgrüne, rosarote und weisse Pillen, Pillen im Allgemeinen, ablehnt. Und wer weiss, sie würden das als ein weiteres Symptom für irgendetwas deuten und ihn dortbehalten und, wer weiss, nie mehr rauslassen.

Er würde sich in der Schule abmelden müssen. Er sei im Spital. Die Sekretärin würde erschrecken. Ja, was ihm denn fehle? Ob er einen Unfall gehabt oder sich sein Blinddarm entzündet habe? Nein, nein, er sei in der Notaufnahme der, ähm, nun, es würde kein Verheimlichen geben, der Psychiatrischen. „Nichts Schlimmes", würde er eilig nachschieben, noch bevor die Sekretärin Gelegenheit hätte zu einer Gegenfrage. Er habe bloss im Wald geschrien. Er könnte sich das ungläubige Staunen und Schweigen am anderen Ende der Leitung vorstellen.

Ein Lehrer, der laut im Wald schreit! Ein Mann, der sich immerhin vertraglich zu vorbildlichem Verhalten verpflichtet hat! Nun, ja, würde er, aus Verlegenheit und dem Bedürfnis nach Rechtfertigung heraus, anfügen, eigentlich hätte er es ja unter einer Eisenbahnbrücke tun wollen, während ein Zug gegen Süden fuhr. Die Sekretärin würde sich räuspern, ihn mit dem Schulleiter zu verbinden versuchen und ihm gute Besserung wünschen.

Nach fünf Minuten, während deren Geigen durch die Leitung dudelten, würde sie ihm ausrichten, der Schulleiter sei im Moment unabkömmlich. Wann Nünlist denn wiederkomme? Tja, ähm, übermorgen, hoffe er.

Und was würden seine Schülerinnen und Schüler sagen? Konnte er erwarten, dass sie verstehen, dass ihr Lehrer, ausgerechnet der Nünlist, der ihnen sowieso immer etwas komisch vorgekommen war, versucht hatte, sich im Wald frei zu schreien?

Und weshalb das alles? Wegen einer Lehrerkonferenz, während der sich die Lehrkräfte beinahe an die Gurgel gesprungen waren, weil jeder und jede seine und ihre Vorschläge für die besseren gehalten hatte. Und die Stundenplanung für das kommende Jahr stand erst noch bevor! Gestandene Lehrkräfte würden dann auf ihrem gewohnten Lektionenplan bestehen, Junglehrer mit weniger Praxiserfahrung, dafür umso mehr Idealismus und Stolz auf die noch druckerschwärzefeuchten Diplome, würden Paroli bieten. Sie alle würden es erst mit Argumenten versuchen, und dann, nach endlosen Debatten, die Stimmen erheben und einander, wer weiss, sogar anschreien.

Benjamin Nünlist hob den Kopf und öffnete die Augen. Anschreien? – Nein, er würde sich nicht für diese Urschreitherapie anmelden. Für den Bruchteil einer Sekunde sah er sich da sitzen im Kreis mit Gleichgesinnten, respektive –geplagten.

Und er stellte sich dieses multiple, kehlige und hemmungslose Schreien vor in einem Raum der Migros Klubschule oder so. Er schauderte, während unter dem Fenster ein weiteres Tor fiel.

Nein, er würde jetzt nach Hause gehen, seine Sporttasche packen und sich in der Sauna den angestauten Druck rausschwitzen. Und er würde mit dem Velo hinfahren. Und vielleicht, wer weiss, könnte er ja versuchen, ein paar verhaltene, kehlige Schreie durch seine Lippen zu pressen?

WEIHNACHTSPARABEL

Das Christkind wandelte einst, als Weihnachtsmann verkleidet, über die Lande. Als es einem kleinen Jungen und seiner Mutter begegnete, grüsste es sie und fragte: „Na, junger Mann, woher kommst du denn? Wo wohnst du?"

„In K.", flüsterte der Junge und schmiegte sich an den Rock der Mutter.

„Was? In K.? In diesem Kaff! Ja, sag, gibt es denn dort mehr als ein paar Ziegen und ein paar Hühner?" Das Christkind hatte es neckisch gemeint, aber die Augen des Jungen begannen zu leuchten. „Aber ja, bei uns gibt es eine riesige Shopping Mall."

„Aha, und gibt es auch eine Kirche?"

Nun schaute der Junge hilfesuchend zu seiner Mutter hinauf.

„Ja, gewiss gibt es eine Kirche", bejahte diese.

„Und? Gehen die Menschen an Heiligabend auch fleissig dorthin?"

Diese Frage war der Mutter sichtlich unangenehm, sie blickte zu Boden, als sie antwortete:

„Nein, eigentlich nicht. Sie sind halt müde nach einem ganzen Tag in der Shopping Mall, und nach dem feinen Essen müssen sie ja all die vielen Geschenke auspacken, am Abend."

Die Drei verabschiedeten sich voneinander, und das Christkind hatte eine Idee.

Von da an versteckte es in der Kirche von K. jedes Jahr an Heiligabend ein Geschenk: eine Tafel Schokolade oder eine saftige Orange oder einen kleinen Sack mit Nüssen. Als die Menschen hörten, dass es etwas gratis gebe, strömten sie an Heiligabend in die Kirche und füllten diese bis auf den letzten Platz.

Derjenige Mensch, der das Geschenk fand, freute sich, dass nicht sein Banknachbar es gefunden hatte. Und weil sie nicht wissen konnten, ob es im nächsten Jahr vielleicht etwas Grösseres als eine Tafel Schokolade oder eine saftige Orange oder einen kleinen Sack mit Nüssen zu finden geben würde, das dann in die Hände ihres Banknachbarn fallen könnte, gingen die Menschen von K. fortan Jahr für Jahr an Heiligabend in die Kirche.

WIEDERSEHEN

Der Nebel schleicht schwer und geduckt vom See her in die Gassen, umhüllt Menschen, drängt sich in Hauseingänge, als suche auch er eine Nische, in welcher er sich an diesem kalten Novemberabend in Sicherheit bringen kann. Es ist Donnerstag. Die Geschäfte sind bis 21 Uhr geöffnet, seit Wochen sind sie weihnachtlich dekoriert. Geschenkideen stehen in den Fenstern, Weihnachtskonfekt in den Regalen.

Leonie fröstelt. Sie hat den Kragen ihres dunkelgrünen Mantels hochgeschlagen. Ihre Füsse sind kalt in den dünnen Halbschuhen, welche die Feuchtigkeit an der Sohlennaht eindringen lassen. Andere, passendere kann sie heute nicht tragen, sie wäre auch längst zu Hause, wenn sie nicht dringend eine Neonröhre für die Küche benötigte. Heute früh hat sie sich ihr Frühstück bei Kerzenlicht und mit Hilfe des Lichtes aus dem Flur zubereitet.

Dabei hat sie sich den kleinen Zeh an der Schrankleiste gestossen; in der Mittagspause hat sie bemerkt, dass sich die Haut unter dem Nagel dunkelrot gefärbt hat und der Zeh angeschwollen ist. Das schmerzhafte Pochen darin strömt noch immer mit jedem Herzschlag bis zu ihrem Hals hoch. Am Abend würde sie die Füsse vor dem Fernseher in ein warmes Fussbad mit Kristallsalz stellen, dazu einen Krimi schauen und nicht viel denken.

Vor der Drogerie steht er plötzlich vor ihr, vom Nebel ausgespuckt. Seine Ohren sind gerötet und er trägt den beigen Regenmantel, den Leonie stets belächelt hat, weil er darin aussieht wie ein Detektiv.

Leonie ist, als schlage ihr jemand eine Faust in die Magengrube. Sie schluckt. Er scharrt mit dem rechten Fuss, als wolle er Anlauf nehmen und aus der Situation davon galoppieren, mit wehendem Mantel. Oder aber sich auf sie stürzen.

„Eh! Was machst denn du hier?", fragt er. Er klingt überrascht, betont das ‚du'.

„Kurz einkaufen, und du?"

„Auch. Und sonst, geht's?"

Eine solche Frage kann auch nur ein Mann stellen, denkt Leonie.

„Ja, danke, sehr gut."

„Paps ist gestorben."

„Oh."

„Vor sieben Monaten, Herzinfarkt. Während des Mittagessens einfach zusammengesackt."

„Das tut mir leid."

In Leonies Kopf steigen Bilder auf. Gesichter. Orte. Eine Feier zum 75. Geburtstag. Eine Umarmung. Eine Ferienwohnung in Adelboden. Ein herzhaftes Lachen. Tomaten aus dem eigenen Garten.

Hinter und neben ihnen drängen Menschen vorbei. Leonie ist froh darum, gestossen und geschubst zu werden. Es ist eine Möglichkeit, sich aus diesem Wiedersehen hinaustragen zu lassen.

„… gekündigt. Seit August in Sempach", hört sie ihn sagen.

„Und, gefällt's dir?", hört sie sich sagen, während sie sich fragt, weshalb er so nervös ist. Als befände er sich an einem mündlichen Test. Sein Lächeln ist bemüht, seine Lippen dabei schief. Irritierend findet Leonie den Ausdruck in seine Augen; eine Mischung aus Frage und Angst. Eine ängstliche Frage, vor deren Antwort er sich fürchtet.

Hat er etwa Angst vor mir? Diese Möglichkeit mischt sich unter die Bilder in ihrem Kopf und irritiert sie.

„Ich muss", sagt sie.

Sie spürt, wie er zögert. Er schaut sie wieder an mit diesem Blick, bevor er ihn neben sie beide auf den Boden senkt.

In Leonie bewegt sich etwas. Die Bilder haben Gefühle angestossen, die schmerzen sollten, es zu ihrem Erstaunen aber nicht tun. Dass sein Vater gestorben ist, tut ihr leid, sie hat ihn gern bekommen in den 14 Jahren, in denen sie als Ferdis Partnerin zu seiner Familie gehörte. Eigentlich hätten sie ihr eine Todesanzeige schicken können; doch an die Beerdigung hätte sie wohl schlecht gehen können, oder? Und dort ihrer Nachfolgerin begegnen? Der dritten schon. Wie Leonie erfahren hat, hat diejenige, wegen welcher Ferdi sie, Leonie, vor zwei Jahren verlassen hat, ihn schon kurze Zeit später ihrerseits sitzen lassen. Ebenso die Frau nach dieser.

Leonie hat sich nicht einmal freuen können darüber. ʻGeschieht ihm rechtʻ. Dazu war sie noch immer zu betäubt gewesen, verarbeitete sie den Schock über seinen Vertrauensbruch in beklemmenden Träumen, schmalzigen Tagebucheinträgen und erst nach und nach gestattete sie sich ab und zu einen Wutausbruch.

Allmählich löst sich Leonie vor der Drogerie aus der Umklammerung dieser anderen, alten Gegenwart. Heute freut sie sich auf ein warmes Fussbad und hofft, während er noch vor ihr steht, dass er, ohne den sie einmal glaubte, nicht leben, nicht SEIN zu können, nicht mit ihr Kaffee trinken gehen will.

„Also, mach's gut."

„Du auch."

Er schaut sie wieder mit diesem Blick an. Dann scharrt er mit dem rechten Fuss.

Der Nebel huscht an ihnen vorbei und steigt die Fassaden empor.

ZINKENKRIEG

Gabel 1: Hast du die Neue schon gesehen?

Gabel 2: Ja, kurz.

Gabel 1: Und?

Gabel 2: Na ja.

Gabel 1: Was heisst ‚Na ja.'?

Gabel 2: Ja, so poliert irgendwie.

Gabel 1: Weil sie so glänzt?

Gabel 2: Ja.

Gabel 1: Woher hat die eigentlich diesen Glanz? Von Sipuro?

Gabel 2: Wahrscheinlich nicht, die ist doch ganz neu.

Gabel 1: Aha.

Gabel 2: Letzte Woche hat er sie heimgebracht aus diesem neumodischen schwedischen Laden.

Gabel 1: Gibt's ja nicht. Hast du, ähm, hast du schon mit ihr geredet?

Gabel 2: Nur einmal kurz, zwischen Schublade und Abtropffläche.

Gabel 1: Und, wie ist sie so?

Gabel 2: Geht. Aber wie gesagt, nur kurz. Neu halt, wenig Erfahrung.

Gabel 1: Und dann legt die sich einfach so lang hier im Fächli? Und tut, als sei sie wer weiss wer?

Gabel 2: Regst du dich auf oder meine ich das nur?

Gabel 1: Aufregen? Ich? Du etwa nicht? Kommt daher und spielt sich auf.

Gabel 2: Ja, so schlimm finde ich das auch wieder nicht.

Gabel 1: So, und wo ist sie denn jetzt eigentlich?

Gabel 2: Im Geschirrspüler.

Gabel 1: Aha. Und warum hat er nicht mich genommen heute für die Spaghetti? Oder dich, mit deinen rassigen drei Zinken?

Löffel: Ruhe da drüben!

Gabel 1: Hesch äs Problem? Willst du eins auf die Löffel, du Löffel?

Gabel 2: Vielleicht dachte er, sie passe besser zum neuen Geschirr.

Gabel 1: Wieso denn das?

Gabel 2: Weil – sie ist ziemlich fein geschwungen, lang und schlank.

Gabel 1: Echt jetzt? Und wie sieht sie sonst noch aus?

Gabel 2: Eben, schlank und durchgestylt von einem Ende zum anderen. Oben hat sie so einen rosaroten Knopf.

Gabel 1: Rosarot!!!! Typisch!

Gabel 2: Geschmackssache.

Gabel 1: Verteidigst du die etwa noch?

Löffel: Ruhe!

Gabel 1: Selber Ruhe da drüben!

Gabel 2: Nein, aber...

Gabel 1: Aber was?

Gabel 2: Also mir ist es ganz recht, wenn ich nicht jeden Tag den Kopf hinhalten muss. Ständig dieses klebrige Zeugs am Hals haben und dann ab in die Abwaschmaschine. Das ist mir langsam zu heiss dort drin.

Gabel 1: Also ICH wehre mich! Hast du gesehen, wie die Messer ausgeflippt sind? Die spinnen ja regelrecht und sabbern sich ihren Silbermantel weg. Ein paar von ihnen sind ja schon ganz blau angelaufen vor lauter - du weisst schon.

Gabel 2: ....

Gabel 1: Neben MICH kommt die nicht zu liegen, das sage ich dir. Mit MIR hat man schon Röschti gegessen, da konnte DIE noch gar nicht ‚Gabel' buchstabieren.

Gabel 2: Das kann sie, glaub ich, auch gar nicht.

Gabel 1: Aha! Aussen fix und innen nix, oder was?

Gabel 2: Weiss ich nicht, aber sie kommt doch aus Schweden.

Gabel 1: Und du, wo ist denn eigentlich DEIN Stolz geblieben? Wofür bist du so lange im Brockenhaus gelegen, he? Und weisst du nicht mehr, wie er fast ausgeflippt ist, als er uns fand?

Gabel 2: Ja, regelrecht ausgeflippt! Jahrelang habe er so etwas wie uns gesucht. Ge-SUCHT!! Prunkstücke hat er uns genannt. Gerade dich mit deinem englischen Gütesiegel und dem perlmutternen Griff!

Gabel 1: Eben!

Löffel: Ruhe jetzt, aber sofort!

Gabel 1: Klappe! Was ist denn mit dem los heute?

Gabel 2: Der trauert doch!

Gabel 1: Warum?

Gabel 2: Um seinen Freund. Dem ist beim Erdbeerglacé-Abstechen der Hals gebrochen!

Gabel 1: Phoff! Tschau zäme, du!

Gabel 2: Ja, es geht halt nichts über Stabilität! Unbiegsam wie wir, echte Schweizer Qualität, trotzt seit Jahrzehnten Spültrog und Seifenwasser.

Gabel 1: Oder englische!

Gabel 2: Oder englische, genau!

Gabel 1: Und jetzt?

Gabel 2: Jetzt muss er neben so einem designten Typen liegen. Mit geschwungenem Griff.

Gabel 1: Warum braucht der überhaupt fünf Gabeln bei seinem Einmannhaushalt?

Gabel 2: Die aus der EPA ist doch im Ruhestand, weil ihr der Hals wackelt und die andere hat doch einen Zinken weg.

Löffel: RU-he!!

Gabel 1: Pst!

Gabel 2: Was ist?

Gabel 1: Psssst!

Gabel 2: Warum?

Gabel 1: Sie kommt. Was strahlt die denn so blöd?

Gabel 2: Ist doch frisch geduscht.

Gabel 2: Ah. Guten Abend.

Gabel 1: Grüezi. Geht's mit dem Platz?

Gabel 2: Warten Sie, ich …
So.

Gabel 1 und Gabel 2: Bitte, bitte, gern geschehen, kein Problem.

DER LETZTE ZUG

Silvie ging an Benny vorbei zum Koffer auf dem Doppelbett. Sie zog sich daraus die schwarze Hose an, dazu eine weisse Bluse und darüber eine auf abgetragen gestylte neue Jeansjacke.

Vor dem Spiegel über der Kommode trug sie den Lippenstift Marke *Immaculate Kiss* auf, der zu ihrem Markenzeichen geworden war. Sorgfältig zupfte sie ein paar Haarsträhnen über die drei tiefen, senkrechten Linien über ihrer Nase zurecht und festigte sie mit etwas Gel.

„Möchtest du noch etwas essen? Soll ich dir ein Sandwich holen, oder einen Tee? Du bist nervös, nicht wahr?" Benny war umtriebig und besorgt um sie, wie immer.

„Nein, nein, danke. Ich muss nur noch mal schnell ins Bad."

Diese drei Linien, unübersehbar, warnend. Silvies Atem ging flach. Sie stellte sich vor den Badezimmerspiegel, schloss die Augen und atmete tief ein. Sie zählte dabei bis drei, atmete langsam aus, zählte dabei bis sechs. Dies wiederholte sie dreimal, während sie im Geiste einen Lichtmantel um sich legte. Sich energetisch schützen vor der Aussenwelt. Auch vor Benny und seiner Anteilnahme, seinem Wohlwollen.

Solche Veranstaltungen seien eben wichtig, hatte er ihr vorhin einmal mehr erklärt. Sie müsse sich unter die Leute bringen, im Gespräch bleiben, Kontakte knüpfen.

Silvie hatte geseufzt und sich schwer aus dem ausgesessenen Sofa in ihrem Hotelzimmer erhoben. Das wusste sie selber. Lesungen gehörten dazu, wenn man Bücher schrieb und sie auch verkaufen wollte. Talent hin oder her - man war als Künstlerin auf den guten Willen und Einfluss anderer angewiesen.

Das kalte Kribbeln breitete sich von der Brust bis zu ihren Fingerspitzen aus. Silvie atmete noch einmal tief durch.

„So, die Bücher haben wir. Glaubst du, vierzig reichen? Du wirst sehen, es wird alles gut gehen. Aber du bist dich das ja inzwischen auch gewohnt, oder nicht? Und schliesslich bist du die berühmte Silvie M. Hammer." Benny sprach mehr zu sich selbst als zu ihr, als er das Hotelzimmer hinter ihnen abschloss. Seine Worte waren für Silvie vorhersehbar geworden wie die meisten seiner Handlungen. Diese Vorhersehbarkeit hatte sie einmal als Zuverlässigkeit geschätzt. Sie hatte angenommen, was er tat, sei richtig, weil er wisse, wie man in der richtigen Situation das Richtige tut. Heute vermisste sie in ihm die Spontaneität, die Fähigkeit, etwas Ungeplantes zu tun, einfach so, weil man Lust dazu hatte.

Silvie wäre jetzt gerne allein gewesen; sie hätte sich gerne in Ruhe auf die Lesung vorbereitet und sich dem aufsteigenden Gewitter in ihr gestellt. Dieses kündigte sich in eben den drei senkrechten Linien über ihrer Nase an und konnte, wenn sie es nicht zu beachten versuchte, urplötzlich in ihr losbrechen. Silvie wusste das, und darum nahm sie sie ernst, diese Linien, die sich wie Ausrufezeichen hinter ihre Befindlichkeit setzten.

Neben der Rezeption hing ein Fahrplan. Silvie warf einen Blick darauf, während Benny den Zimmerschüssel auf den Tresen legte. Der letzte Zug, der Zug nach Hause, ging um 22.43 Uhr. In knapp fünf Stunden also. Wenn sie könnte, ginge sie jetzt sofort zum Bahnhof. Nein, rennen müsste sie, um dieses Gefühl der Enge abzuschütteln, diese Schwere aufzuschütteln, das Blut durch ihre Adern zu jagen, bis es diese schwere Dumpfheit daraus geschwemmt hätte.

Sie gingen wortlos nebeneinanderher die Seepromenade entlang vom Hotel zum 'Ochsen'. In der linken Hand trug Benny den Bücherkoffer, seinen freien rechten Arm hatte er über Silvies Schultern legen wollen. Sie hatte sich darunter hervor gewunden. Bennys Gewicht war ihr heute unerträglich.

Aus dem rauchgeschwängerten Ochsensäli hallten ihnen klirrende Gläser und wabernde Stimmen entgegen. Silvie schaute sich unschlüssig um. In ihrem Bauch kräuselte sich das Gefühl, bereit, wie eine Schlange zischend hervorzupreschen und sie, Silvie, mit einem gezielten Biss zu lähmen.

Silvie erinnerte sich an eine Zeit, da kündigte sich dieses Gefühl nicht derart langsam nagend an. Es überfiel sie vielmehr urplötzlich. Überall. Auf offener Strasse, im Büro, im Bus, in ihrem eigenen Zuhause. Weil sie nicht wusste, was mit ihr geschah, hatte sie sich ihm wehrlos ausgeliefert; so lange, bis sie aus Angst vor diesen Angriffen kaum mehr aus dem Haus ging, ihren kleinen Bekanntenkreis vernachlässigte. Sie hatte diese Angst mit Wein zu betäuben versucht, bis sie auch sich selber nicht mehr spürte.

Oski Pfaffenlehner, der Organisator der Lesung, hatte Silvie erblickt und schwebte auf sie zu. Er fasste sie an beiden Schultern, quetschte sie gegen seinen massiven Bauch und drückte ihr links, rechts, links, seine Lippen auf die Wangen, fragte, wie es ihr gehe und liess seinen Blick dabei durch den Raum schweifen. Sein Atem roch nach Zigaretten, das süsse Parfüm seiner englischen Marke umwehte ihn wie ein Flor. Noch bevor Silvie ihr unwahres „Danke, gut, und dir?"

hervorgebracht hatte, schwebte er wieder davon, Benny in seinem Gefolge. Silvie drehte sich um, wischte sich mit dem linken Mittelfinger verstohlen die feuchte Klebrigkeit von Oskis Lippen von den Wangen und ging auf das Büfett zu. Sie spürte die Blicke der Anwesenden auf sich. Eine Blonde mit langen, blaubestrichenen Fingernägeln stürzte auf sie zu: „Oh, ist das schön, Sie zu sehen, ein tolles Buch, ich habe es gelesen, ich schreibe auch, wissen Sie. Könnten Sie es nicht einmal lesen und sagen, wie Sie es finden?" „Ja, gern.", erwiderte Silvie höflich, ohne es zu meinen. Sie wusste, dass auch diese Blonde nur hierhergekommen war, um sich unter die Leute zu bringen und Kontakte zu knüpfen. Seit Silvies erste Kurzgeschichtensammlung ein Erfolg geworden war, wollten alle etwas von ihr. Wie Wellen umbrandeten sie die Nettigkeiten, die aber, statt sie hochzuhieven, sie immer wieder in eine tiefe See der Melancholie zurückstiessen.

Silvie suchte den Raum nach David ab. Ihn zu sehen hatte sie sich gefreut. Er war ein Journalist, der sie seit ihren Anfängen begleitete. David war der Einzige, der sie bisher auf ihre Ängste angesprochen hatte, und sie war erschrocken und erfreut zugleich gewesen, dass er, dass jemand, sie zwischen den Zeilen ihrer Geschichten hindurch wahrnahm. Wo andere Kritiker lobend die Fantasie in ihren Geschichten, den Witz ihrer Figuren betonten, war David scheinbar der Einzige, der auch die suchenden Untertöne zu orten verstand, der hinter dem Humor die Nachdenklichkeit und die Trauer spürte. Silvie M. Hammers Bücher wurden als unterhaltende Erzählungen gehandelt und erfolgreich verkauft. „Depressives Zeugs gibt es schon genug.", hatte ihr Verleger gemeint. „Lustig sells, die Leute wollen schliesslich von ihrem Leben abgelenkt werden." Er konnte sich nicht erklären, wie in aller Welt dieser David Steffen zu seinen Interpretationen kam.

Ihr Verleger war der achte gewesen, den Silvie angeschrieben hatte. Dank seines umfassenden Marketings waren sie und ihre Kurzgeschichten schon bald in aller Munde, auf Fernseh- und Radiokanälen gewesen. Silvie liess sich jedoch, zur Verwirrung vieler Journalisten und auch Journalistinnen, in keinem Interview fassen, entschlüpfte allen einengenden Fragen. Das Verständnis zwischen ihr und David war ein wortloses, und was er in ihr erspürte, behielt er für sich. Seine Kenntnis von ihr war der Mörtel in ihrer Freundschaft. In der Öffentlichkeit existierte ihre Persönlichkeit als verwischte Kontur, ihr Image war das der kühlen Unerreichbaren. Silvie M. Hammer war nicht zuletzt ein Star, weil sie ein Rätsel war, das Journalisten wie Bewunderer zu lösen versuchten. Viele erhoben den Anspruch, sie enträtseln zu können, füllten Zeitschriftenseiten mit Interpretationen, während Silvie dazu schwieg. Schliesslich wusste sie selber nicht genau, was und wie sie sich fühlte. Silvie M. Hammer war denn auch nicht ihr richtiger Name. Er war Bennys Idee gewesen und sie war froh, sich auch dahinter verstecken zu können.

Am Büfett nahm sie sich ein Glas Mineralwasser und erfuhr von Monika, der Fotografin, dass David im Ausland war bei Recherchen zu einer amerikanischen Komödie.

Es wühlte in Silvies Bauch.

„Gut siehst du aus", lobte Monika.

Silvie bedankte sich. Das war ihr nicht neu. Je schlechter sie sich fühlte, desto besser schien sie auszusehen. Sie wusste aber auch, dass ihre feinen Gesichtszüge an Ausdruck gewannen, wenn sie, wie heute, ihr brünettes Haar streng nach hinten zu einem Pferdeschwanz gebunden trug. Monika bat, ein Foto machen zu dürfen. Hier neben dem Getränkebüfett. Die Erfolgsautorin mit Mineralwasserglas.

Drei Frauen näherten sich ihr. Sie schauten Silvie an, als käme sie von einem anderen Stern und als wüssten sie nicht recht, wie genau man einer solchen Erscheinung begegnet. Silvie staunte und erschrak auch immer wieder über die Mischung aus Furcht und Ehrfurcht in den Blicken ihrer Fans.

„Dass ich Sie einmal persönlich treffe! Darf ich ein Foto machen?"

Silvie lächelte, signierte die Bücher, die die Frauen ihr hinhielten und posierte mit jeder für ein Erinnerungsbild.

Aus der rechten Ecke des Säli ertönten ein paar Trommelschläge, dann *one, two, three, two*. Es war die Band, die Oski immer für solche Anlässe engagierte, eine Amateurband, die auch schon eine CD veröffentlicht hatte. Sie lag neben Silvies drei Büchern auf dem Tischchen neben der Bühne zum Verkauf auf. Die *Mountain Devils* eröffneten den offiziellen Teil des Abends mit einem schnellen Boogie-Woogie, und Silvie wurde fast übel von der Lautstärke und dem einsetzenden Lampenfieber.

Silvie stand alleine hinten beim Büfett. Sie spürte die Schlange in sich züngeln und necken und bemerkte zugleich erleichtert, dass die *Mountain Devils* ruhigere, schwermütige Bluesnummern zu spielen begannen. Sie ebneten so den Weg zu den Geschichten hin, die sie nachher lesen würde.

Das erste Set des Konzertes war vorüber. Zigarettenrauch hing in dicken, schweren Schwaden von der Zimmerdecke, jemand öffnete ein Fenster vorne neben der Türe. Silvie spürte ihren Atem wieder flacher werden, sie hielt sich mit beiden Händen am Wasserglas fest. Sie spürte, dass ihr angestrengtes Lächeln die Kerben zwischen ihren Augen nicht zu glätten vermochte. Ihr Gesicht fühlte sich an wie in Stein gehauen.

Blicke ruhten auf ihr und Silvie war, als müssten alle merken, wie sie kämpfte, und es war ihr unangenehm, und sie hätte sich gerne jemandem in die Arme geworfen, geweint, die Angst rausgelassen, diese schwarze, lauernde Schlange in sich entmachtet, indem sie ihr keinen Widerstand mehr entgegensetzte. Je stärker Silvie sich dagegen wehrte, desto kecker wurde sie, desto unverfrorener preschte die Angst vor. Diesen Kampf, dieses schlängelnde, würgende Biest in Worte zu fassen, war jedoch immer nur ein Versuch geblieben. Und weil sie es nur antönen konnte, blieb es versteckt zwischen ihren Zeilen liegen, wo nur Menschen wie David es ausmachen konnten.

Benny kam als Tröster nicht in Frage. Er würde sich auch heute wieder feiern lassen als der Mann an Silvie M. Hammers Seite und keine Gelegenheit ungenutzt lassen zu betonen, dass auch er seine Talente besitze. Immerhin sei er der Manager, er habe ihr den Deal mit dem Verlag eingefädelt und alles ins Rollen gebracht. Dabei war er damals bloss zufällig ihr Geliebter gewesen, der zufällig den Anruf entgegengenommen hatte, als der Verleger zurückrief, um zu sagen, er werde *Frühlingssprossen* veröffentlichen.

Silvie war 39 Jahre alt und seit fünfzehn Monaten trocken gewesen, als sie und Benny im Kino zufällig nebeneinandersassen und danach in einem Café flirteten. Am nächsten Morgen hatte sie sich geschämt, neben ihm aufzuwachen. Trotzdem blieb er in ihrem Leben hängen und Silvie gewöhnte sich daran. Immerhin sah er gut aus; er erinnerte entfernt an einen Kölner Fernsehkommissar: Dunkelhaarig, sportlich, freundlich. Als sie ihn kennenlernte, hatte Silvie nicht gerade das Bild einer starken Frau abgegeben. Sie war sich selber entglitten und war dabei, sich über ihre Geschichten wieder zusammenzusuchen und die Teile zusammenzusetzen. Zwei

Männer hatten sie nach langjährigen Beziehungen verlassen, beide für eine andere Frau. Sie sei zu kompliziert, hatten beide gesagt, aber Silvie wusste bis heute nicht, was genau sie damit meinten und was sie falsch gemacht hatte. Sie hatte sich Benny wie eine Marionette präsentiert, deren Gliedmassen erschlafft in den Winden des Lebens schlenkerten. Er brauchte nur die Fäden aufzugreifen, und Silvie war froh gewesen darüber. Sie hatte jemanden gebraucht, jemanden, der ihr auf die Beine half, er hatte jemanden gebraucht, den er auf den Beinen halten konnte. Ein Mann sei da, um eine Frau zu beschützen, basta, Emanzipation hin oder her. Selbstsichere Frauen verunsicherten Benny. Kavalier sein zu können hingegen trieb ihn an und nährte sein Bewusstsein. Eigentlich hatten sie sich ganz gut ergänzt.

In Silvies Erzählungen am Tisch der AA war Benny immer mehr zu einem Gewicht geworden, das ihr Leben beschwerte und bremste. Während dieses Erzählens war Silvie klargeworden, wie sie, wenn sie längere Zeit mit Benny zusammen war, sich danach leer, ausgebrannt und leblos fühlte, und dass das mit die Momente waren, in denen sie das zaghafte Glimmen des Feuers zu spüren begann, aus dem die schlängelnde Angst sich gebar.

Je mehr sie daran arbeitete, sich von den eigenen Beinen tragen zu lassen, nicht mehr an Fäden zu hangen, desto verzweifelter ging Benny in seiner Rolle als Puppenspieler auf, kämpfte er um Kontrolle. Je selbständiger Silvie wurde, desto verwirrter stand er daneben. Und sie war froh, dass er als Aussendienstmitarbeiter einer grossen Papierfabrik den Grossteil der Woche auswärts war.

„Meine Damen und Herren!", liess sich Oski von der Bühne herab hören. „Ich freue mich, Ihnen anlässlich unserer allseits beliebten Lesereihe auch dieses Jahr wieder Silvie M. Hammer präsentieren zu können. Vorzustellen brauche ich sie wohl nicht mehr, alle, die heute den Weg hierher gefunden haben, wissen, weshalb sie gekommen sind und was sie er-wartet: amüsante Geschichten aus dem Alltag, wie sie jedem von uns passieren könnten. Einfach hammermässig eben." Seine drei kurzen Lacher wurden von verhaltenem Applaus gekrönt.

„Darf ich also bitten, Silvie?"

Silvie trat über drei Stufen von links auf die Bühne, liess sich von Oski in seine englische Zigarettenaura hüllen und links, rechts, links feucht auf die Wange küssen. Sie schauderte und schaute ins Publikum, von wo ihr lächelnde, skeptische, freundliche und abwartende Gesichter entgegenblickten.

Silvie setzte sich hinter das kleine Tischchen, das vor das Schlagzeug gestellt worden war, räusperte sich, als müsse sie testen, ob ihre Stimme noch da war. Gleichzeitig dachte sie das Räuspern als Signal an die Schlange, jetzt für einen Moment Ruhe zu geben. Sie schaute auf die Uhr. 20 Uhr 30.

Noch zwei Stunden dreizehn Minuten, bis der letzte Zug geht.

Ohne Begrüssung, ohne einleitende Worte begann sie, aus ihrer neuen Kurzgeschichtensammlung, *Herbstschatten*, zu lesen.

Sie las die Geschichte von dem Mann, der abends mit seinem Spiegelbild um die Wette trinkt, vom kleinen Mädchen, das auf seiner Badeente aus dem Fenster davonfliegen will, die Geschichte von der Frau, die so sehr in esoterischen Schriften aufgeht, bis sie sich vergeistigt und nie mehr gesehen wird, und die Hausverwaltung nicht weiss, ob sie die Wohnung nun ausschreiben kann oder nicht. Die Leute vor der Bühne unterbrachen ihren Vortrag an mehreren Stellen mit kurzem Lachen. Sie applaudierten nach jeder Geschichte begeistert. Vom linken Bühnenrand zwinkerte Benny ihr zu und schob den nach oben gerichteten Daumen seiner rechten Hand dreimal von seiner Brust weg in ihre Richtung, als drücke er auf eine unsichtbare Klingel. Silvie war es, als bewegten die Wände des Ochsensälis sich auf sie zu, um sie zu zerquetschen. Sie griff zum Wasserglas und schluckte hastig, atmete tief durch und rieb sich mit dem rechten Daumen die Innenfläche der linken Handfläche. Das Kribbeln, das daraus stechend nach ihrem Herz griff, liess sich nicht stoppen.

Benny lächelte sein beschützendes Lächeln zu ihr hinüber. Ihre Uhr zeigte 21 Uhr 21.

Benny hatte immer bei ihr einziehen wollen, aber sie hatte sich, und darauf war sie heute stolz, immer dagegen gewehrt. Sie arbeitete nur noch nachmittags für eine Versicherung, schrieb mehrheitlich in der Nacht und schlief dafür bis in den späten Vormittag. Ihre Lebensrhythmen vertrügen sich nicht, hatte sie argumentiert. Benny rief oft mitten in der Nacht von irgendwo unterwegs an, um zu fragen, wie es gehe, und schmollte verunsichert, als sie aufhörte, ans Telefon zu gehen. Ob sie den Stecker herausgezogen oder Besuch gehabt habe, wollte er einmal wissen. Das gehe ihn nichts an, hatte sie sich überrascht sagen hören und seinen Blick bis heute nicht vergessen. Er hatte seine Schultern gereckt und es plötzlich eilig gehabt. Er müsse noch in die Garage.

Der letzte Zug begann sich zwischen Silvie und ihre Geschichten zu drängen wie eine Nabelschnur, die sie mit Daheim verband. Wenn er abfuhr, würde er ihre Freiheit mit sich nehmen, jederzeit von hier weggehen zu können. Und jede weitere Stunde hier würde Warten auf den nächsten Morgen, auf den ersten Zug, sein. Das Unwohlsein tastete weiter mit kalten Fangarmen ihren Körper ab, es kribbelte in ihr, als spülten feine Sandkörner durch ihre Blutbahn. Silvies Gesichtszüge verhärteten sich für den Bruchteil einer Sekunde. Sie räusperte sich, sie begann die Geschichte zu lesen vom Mann, der behauptet, die Personifikation seiner Lieblingsromanfigur zu sein und der deshalb das Recht und die Pflicht habe, bei der Verfilmung der Geschichte die Hauptrolle zu spielen.

Silvie M. Hammers Geschichten 'kamen an', wie ihr Verleger es nannte. Ihr Erzählstil war flüssig, die Bilder, die sie gebrauchte, waren farbig, und ihre Figuren belebten die Geschichten durch Situationskomik. Die Leute vor der Bühne klatschten, wollten mehr.

Noch eine Stunde sieben Minuten.

Silvie bedankte sich. „Wenn ich jetzt noch mehr verrate, muss ja niemand mehr ein Buch kaufen."

Lachen. Mehr Applaus. Silvie zwang sich zu einem Lächeln.

Sie verliess die Bühne über die drei Stufen auf der linken Seite. Benny empfing sie lächelnd, „Komm, Schatz." Er fasste sie leicht, aber bestimmt, am linken Oberarm und führte sie zum Tischchen, wo ihre drei Bücher auflagen. „Möchtest du einen Tee oder mehr Wasser?"

„Danke, nichts."

Sie signierte, sie lächelte, und plötzlich war sie da.

In ihren lautesten Farben preschte die Angst hervor, sperrte ihren Rachen auf, dehnte sich aus, geiferte, reckte sich, erfüllte Silvies Bauch mit ihrer Schwere. Silvie wurde schwindlig in der Kühle und der Einsamkeit mitten unter diesen Menschen. 'Ein Gefühl, nicht dort zu sein, wo mein Körper ist', hatte sie einmal eine ihrer Protagonistinnen sagen lassen. 'Und doch so völlig in mir selber, alles, was ich fühle, ist ICH und dieses ICH so unsichtbar für andere'.

Diese Schwere. Silvie war, als versinke sie im Riesenrachen dieser schwarzen Bestie in ihr. Und in jedem Schriftzug, den sie in Bücher setzte, in jedem Lächeln, das sie krampfhaft er-widerte, tickte die Zeit, die dem letzten Zug blieb.

Je länger sie nicht trank, desto mehr spürte sie diese Kraft in sich, nicht mehr trinken zu müssen. Sie hatte drei Rückfälle gebaut aus reinem Unglauben in diese Kraft. Und je länger sie sich nüchtern dem Leben stellen konnte, desto mehr erkannte sie Unwohlsein als einen Fingerzeig immer dann, wenn sie etwas gegen ihren Willen tat. Wie zum Beispiel mit Benny zusammen sein, sich von Männern wie Oski klebrig küssen lassen, für ihren Verleger gewinnbringend 'unterhaltend' zu sein.

Jeder und jede hier würde lachen, wenn sie sagte, wie fehl am Platz, wie ausgeschlossen, sie sich unter ihnen fühlte. Niemand würde sie verstehen, sie, die doch so stark wirkte, deren Zynismus man als Witz deutete und deren Direktheit man bewunderte.

Silvie erlaubte sich heute, nicht perfekt sein zu müssen. Sie konzentrierte sich darauf, inmitten dieser sich um sie scharenden Menschen ruhig und tief zu atmen. Früher war es in Ordnung gewesen, dass Benny sie führte, sie unter seine Obhut nahm, um sie in seinem Nest hochzupäppeln, bis sie flügge war. Aber jetzt, da sie es immer mehr wurde, wollte er es nicht wahrhaben. Dieses Inbesitzgenommen- und Beschütztwerden aber schnürte zusehends ihre Kreativität ab. Benny wollte sie vor Gefahren schützen, die keine mehr für sie waren. Bestimmt war sie noch immer nicht die selbstbewussteste Frau, aber ihr Erfolg hatte sie gelehrt, an sich zu glauben.

Heute wagte sie es, Telefonanrufe zu tätigen, die sie früher so lange vor sich hergeschoben hatte, bis sie nicht mehr nötig waren; sie buchte Einzelzimmer, machte Städtereisen und hatte dabei die eine oder andere Affäre, nicht, um sich etwas zu beweisen, sondern, weil sie sich als die attraktive Frau zu fühlen begann, die sie war.

Die *Mountain Devils* hatten ihre Plätze wieder bezogen, der Schlagzeuger setzte mit einem Tusch das Signal zum zweiten musikalischen Teil. Jetzt gehe die Post aber ab, jetzt werde gefeiert und getanzt, schrie der Sänger ins Mikrofon und zählte den 'Jailhouse Rock' an.

Der literarische Teil des Abends war vorbei, die Autogrammwünsche waren befriedigt; die Band würde noch bis nach Mitternacht spielen. Silvie lächelte, grüsste die beiden Herren auf der Treppe, als sie zur Toilette eilte. Im Waschbecken hielt sie ihre Unterarme unter den kalten Wasserhahn, bis sie gefühllos und eiskalt waren. Ihre Sinne begannen sich wieder zurückzufinden auf die 'normale' Denk- und Fühlspur, das Hämmern in ihrem Kopf liess nach. Sie hatte den Schritt aus der Sucht gewagt und geschafft, allein.

Wäre sie zwei Sekunden früher zurück im Ochsensäli gewesen, wäre sie mit Oski zusammengestossen. So aber sah Silvie ihn nur gerade in einer Menschentraube verschwinden. Er strahlte. Seine Stirnglatze glänzte. Seine Rechte hielt eine englische Zigarette. Sein Abend war ein Erfolg. Auch Benny strahlte. Bloss fünf Bücher lagen noch auf dem Tischchen neben den CDs der *Mountain Devils*. Silvie hatte ihn bislang am Verkaufserlös ihrer Bücher teilhaben lassen; immerhin schleppte er sie jeweils in einem grossen Koffer zu den Lesungen. Ihr Kofferträger; darauf hatte er sich in den vergangenen Monaten reduziert. Und das war symbolisch für ihre ganze Situation geworden. Wie er an ihr hing, ihr als Mann mit seinen Ansprüchen an sie mehr emotionalen Druck schaffte, als er als ihr selbsternannter Manager geschäftlichen von ihr nahm.

Silvie hatte noch keinen Weg gefunden ihm klarzumachen, dass sie ihre Bücherkoffer auch selber tragen könne. Und er würde den heutigen Erfolg mit ihr feiern wollen, später, im Hotelbett auf der durchgelegenen Matratze.

Sie dachte an David und wie die Schlange vor seiner Gegenwart immer kapitulierte, weil Silvie bei ihm sie selber sein konnte. Und in die Schwere der Angst schob sich langsam, aber spürbar, Erleichterung: die Erleichterung darüber, sich selber die Erlaubnis zu geben, zu tun, was sie tun zu müssen spürte.

Silvie stand wieder mit klopfendem Herzen neben dem Büffet und fühlte sich ruhiger werden, lebendig sein. Monika war ebenfalls zufrieden mit dem Abend. Sie habe während der Lesung sehr gute Aufnahmen gemacht. „Besonders die schwarz/weissen. Wirst sehen. Das war wirklich ein gelungener Abend, gratuliere." Silvie bedankte sich.

Noch zwölf Minuten.

Der Vorstand des kleinen Bahnhofes steckt einen Schlüssel in das kleine Kästchen auf dem Perron, die automatischen Türen schliessen sich pfeifend und die schweren Räder beginnen sich langsam zu drehen. In wenigen Minuten verschwindet der Zug in die Nacht hinein. Ausserhalb des Dorfes macht er eine Rechtskurve zum See hin, in dessen glänzende Oberfläche seine Fenster minutenlang eine Lichtschnur zeichnen. Er mäandert durch Moränenlandschaft, und, weil er der letzte Zug ist, hält er dabei an jedem Bahnhof.

Silvie schaute auf und sah Benny seinen Blick suchend durch das Ochsensäli schweifen. Sie griff nach der Jeansjacke, die neben dem Büfett auf einem Stuhl lag und schlich sich, lächelnd und grüssend, zur Türe hin.

Draussen atmete sie die warme Herbstluft tief ein. Am See klatschten Wellen gegen die Promenade. Ein warmer Wind streifte durch das dichte Laub in den Baumkronen über ihr; es klang in Silvies Bewusstsein wie lange Taue, die jemand hinter sich her über den Asphalt zieht. Silvie begann zu rennen und fühlte diese Taue, die sie banden, eines nach dem anderen, von ihr abfallen.

Noch 7 Minuten.